O FUTURO É ANALÓGICO

Provocações sobre tecnologia e nossa humanidade

JEOVANI SALOMÃO

O FUTURO É ANALÓGICO

Provocações sobre tecnologia e nossa humanidade

© 2021 by Jeovani Salomão.

Ficha Técnica
Editor: *Victor Tagore*
Assessoria editorial: *Rafaela Anselmo*
Coordenação editorial e revisão de texto: *Lidyane Lima*
Capa: *Victor Tagore, autor e equipe*
Ilustração da capa: *Gabriela Salomão*
Projeto gráfico: *Haroldo Brito*
Diagramação: *Criatus Design*
Foto do autor: *Rodrigo Correia*

S174f Salomão, Jeovani.
     O futuro é analógico: provocações sobre tecnologia
   e nossa humanidade / Jeovani Salomão.--Brasília, DF :
   Tagore Ed., 2021.
     280 p. : il.

   ISBN: 978-65-86125-68-9

Literatura brasileira. 2. Artigos, coletânea. 3. Futuro pós-covid.
3. Tecnologia da informação. 4. Geração digital. 5. Futuro da
humanidade. I. Título.

                                         CDU 82-92(81)

Ficha catalográfica elaborada por *Iza Antunes* - CRB1-079

SIG Quadra 8, Lote 2356, Térreo, Brasília/DF
Fone: (61) 3032-5755 — (61) 98440-1100
contato@tagoreeditora.com.br
www.tagoreeditora.com.br

Orgulhosamente composto e impresso no Brasil | *Proudly published and printed in Brazil* | Todos os direitos da língua portuguesa, no Brasil, reservados de acordo com a lei.

Texto de acordo com as normas do Novo Acordo Ortográfico da Língua Portuguesa (1990), em vigor desde 1º de janeiro de 2009.

Minha vida está nos meus poemas,
meus poemas são eu mesmo,
nunca escrevi uma vírgula que
não fosse uma confissão.
——— MARIO QUINTANA

DEDICATÓRIA

O que a lagarta chama de fim do mundo, o homem chama de borboleta.
——— RICHARD BACH

Este livro é dedicado a Henrique Prestes[1], um amigo que se foi, de forma prematura, com 28 anos, levado pela Covid-19. Henrique, na condição de cristão, voltou para o céu, mas ele iria para qualquer paraíso, independentemente da crença religiosa. Há pouco, estava envolvido com o espiritismo, motivo pelo qual pode estar vivendo em Júpiter.

No entanto, se fosse viking, iria para Valhala, assim como, se fosse *klingon*, iria para Stovokor, afinal, ele sempre foi um grande guerreiro.

Se sua convicção fosse o islamismo, iria para Jannah, destino de todas as crianças, pois ele nunca perdeu, mesmo na vida adulta, a alegria, a ingenuidade e a bondade dos pequenos.

Se Henrique fosse Jedi, teria desaparecido e voltado a viver na Força, porque sempre foi um guardião da paz e da justiça.

Se tivesse acreditado no candomblé, ele iria para Orum, uma vez que cumpriu seu destino em vida, levando o amor para aqueles que o rodeavam.

Se louvasse o hinduísmo, seria vizinho de Vishnu, afinal, ele nunca se apegou ao seu ego.

Se acreditasse na mitologia grega, repousaria nos Campos Elísios, porque sempre foi um homem de grandes virtudes.

Se vivesse sob as imensas pirâmides do Egito, iria para Sekhet-Aaru, pois sua alma sempre foi mais leve que uma pena.

Se fosse xintoísta, iria para o Takama-ga-hara, porque conquistou o direito de viver entre os seres celestiais.

Se descansasse às sombras da maior muralha da terra, iria para Tian, uma vez que, sabendo ou não, exercia, em sua jornada, as cinco virtudes pregadas por Confúcio – bondade, honradez, decoro, sabedoria e fidelidade.

Em nossa última troca de mensagens, fui gratificado por suas palavras, que remanescem registradas comigo e que compartilho neste momento. Era seu aniversário e passei um singelo recado de parabéns, ao qual ele respondeu assim:

Obrigado tio!!!!!! Tudo em dobro pro senhor!
Fico muito feliz em saber que tenho o carinho do senhor!
Obrigado por sempre me ajudar e me dar bons conselhos!
Pode deixar, vou tomar um vinhozinho com minha índia hoje!

Henrique Prestes,
onde você estiver, saiba que
este livro é para você!

Não há dúvidas de que o aspecto mais triste e irreparável desses últimos 365 dias foram as mortes ocasionadas pelo coronavírus. Assim, estendo esta dedicatória para prestar minhas homenagens e condolências aos que se foram e aos que ficaram. Gostaria de poder fazê-lo com um minuto de silêncio, mas, como isso não é possível, singelamente, ofereço uma folha em branco.

AGRADECIMENTOS

Porque é tamanha bem-aventurança
O dar-vos quanto tenho e quanto posso,
Que, quanto mais vos pago, mais vos devo.
────── LUIZ DE CAMÕES

Escrever uma obra literária é um exercício que envolve inúmeras pessoas, sem as quais nada aconteceria. Em primeiro lugar, gostaria de agradecer à minha esposa, Luciana, e aos meus filhos, Bianca, Henrique, Luíza, Gabriela e Camila. Além da inspiração constante, ajudaram na revisão preliminar dos artigos e foram incentivadores de primeira hora. Ainda no círculo da família, importante agradecer aos meus pais pela vida, mas em especial à minha mãe, leitora assídua dos meus textos e que, do alto dos seus 89 anos, faz questão de guardar cada publicação que cita meu nome.

Ao site Capital Digital e ao meu amigo Luiz Queiroz, devo agradecer pelo empurrão inicial, bem como pelo artigo em coautoria. Luiz teve o mérito de não desanimar apesar das minhas sucessivas negativas para participar de *lives* ou escrever sobre o setor de Tecnologia da Informação.

Ao meu sócio, José de Marcos Paiva, um agradecimento especial pela provocação de compartilhar o material com os clientes. Sem ele, teríamos apenas uma coleção de artigos, jamais um livro. À Memora Processos Inovadores SA, e aqui incluo meu outro sócio, Jairo Carvalho, pelo patrocínio que permitiu que a obra se tornasse viável.

Ao longo da jornada, contei sempre com o apoio, o incentivo, a revisão e a divulgação dos artigos nas redes sociais da Janaína Santiago, a quem dirijo meu muito obrigado. Também ao Dyogo Oliveira e à Glória Guimarães pela gentileza de me emprestarem seu brilhantismo nos artigos que escrevemos em coautoria. À Lidyane Lima por me introduzir nas facetas desconhecidas do mundo editorial, além das revisões precisas, que muitas vezes inclusive melhoraram os escritos. Ao Gustavo Brum, pelo suporte nas traduções e eventuais levantamentos de informação.

Merece uma menção destacada a contribuição efetuada por Vint Cerf. Considerado um dos pais da internet, é tido por muitos como uma lenda viva. Ainda assim, de forma extremamente gentil, produziu um texto exclusivo para este livro. Vint, fico-lhe muito agradecido.

Destaco novamente minha filha Gabriela Salomão, pelo belíssimo desenho da capa. E, por fim, mas não menos importante, meus agradecimentos ao Victor Tagore e à Rafaela Anselmo, que apostaram no projeto e, com todo esmero, produziram, juntamente à equipe da Tagore Editora, esse elegante resultado que você tem nas mãos.

Sumário

19	PREFÁCIO
23	APRESENTAÇÃO
27	PRÓLOGO Sobre o título
29	Predições pós-covid
33	Janela de Overton e *fake news*
37	A vingança da biologia
42	Realidade virtual e clone digital
46	A geração que não está
50	Exponencial
55	Voto em casa
60	Economia real × economia digital
66	Cuidado para o delivery não matar o seu vizinho!
70	Decisões racionais
75	Turismo ao lado de casa
78	O exercício dos pequenos poderes
83	Versão
87	O fim da irrelevância
91	Sua hora é agora
95	Na balança, bloqueio e liberdade
100	Novas dinâmicas sociais

104	Empreendedorismo, risco e pandemia
108	Impostos, que chatice!
112	Cheguei em sétimo lugar e comemorei
119	Competição interespecífica
123	Onde se fazem canções e revoluções
127	A importância da linguagem na Transformação Digital
132	Inovação colaborativa
137	Tio Chapéu
142	Reconheça o acaso
146	Navalha de Occam
150	Devíamos aprender com os guias turísticos
154	Futuro do passado
158	Uma semana especial para a TI
162	O futuro é analógico
166	CriptograCIA
171	Virtudes e defeitos
177	Governo Mundial
181	Aceleração da experiência
185	As polêmicas sobre a vacina
189	2020!
194	Você está se acostumando de forma imperceptível
199	Espero que o Saulo fique rico!
203	Vem vacina, vai Ford
207	O inviolável direito de pensar
212	"All"Techs
216	Desempenho

221	Pequenos e grandes novos dilemas
225	Eu quero um biscoito
230	Superior, tem certeza?
234	Esperanto
239	5G e a internet das coisas da rua
244	É preciso temer a tecnologia?
254	Felizes para sempre
257	**EPÍLOGO** Concurso Mundial de Poesia
271	Data de publicação dos artigos
273	**Notas**

PREFÁCIO

Fazer o prefácio deste livro do Jeovani Salomão foi, acima de tudo, grande honra, ao tempo em que me levou a pensamentos, experiências, trajetórias de vida e, sobretudo às discussões daqueles que pensaram, pensam e vão continuar a pensar, a cada tempo e a cada desafio, o destino de nossa humanidade.

Conheci o Jeovani na época em que fui secretário de Ciência e Tecnologia do Distrito Federal, momento no qual atuamos juntos no projeto do Parque Tecnológico de Brasília. Quando entrei na Câmara dos Deputados com o objetivo e a ideia de trazer para o país a discussão da ciência, tecnologia, pesquisa e inovação, nos aproximamos ainda mais. Sabia, de antemão, que estávamos anos atrás no desenvolvimento global. Sabia que o Brasil tinha de evoluir. Minhas conversas e reuniões com Jeovani me alertaram não só para o sinal vermelho do atraso, como também me levaram a crer que precisávamos avançar, e com pressa. Suas ideias, seu conhecimento e sua vontade de realizar me levaram a ficar próximo a ele e a ouvir quem estava no tempo e naquele novo modo de propiciar o desenvolvimento em nosso país.

Nos unimos porque sabíamos que precisávamos colocar o tema do progresso tecnológico, da pesquisa e da inovação no centro das discussões. E isso foi o que trouxemos para o Congresso Nacional com a Frente Parlamentar Mista da Ciência, Tecnologia, Pesquisa e Inovação.

Estávamos ainda na segunda década dos anos 2000. E, embora o mundo avançasse, o Brasil ainda não entendia os novos tempos. Foi preciso que colocássemos pessoas da academia e, especialmente, das empresas para sensibilizar os nossos representantes políticos e começar a trabalhar na indústria do conhecimento.

Com a ajuda do Jeovani, começamos a alertar sobre a necessidade de investimentos e a mostrar aos nossos parlamentares a importância dessa indústria não só para a academia, mas principalmente para aqueles que estavam à frente da economia brasileira. Ele foi fundamental para convencermos as instituições públicas e privadas de tecnologia e pesquisa do país a lutar pela aprovação da mudança em nossa Constituição e pelo Marco Regulatório de Ciência e Tecnologia.

Colocamos a ciência, a tecnologia e a inovação em nossa Constituição. E, pasmem, se isso não tivesse sido feito, nenhum projeto, PEC ou MP sobre essa temática jamais seriam votados.

Batalhamos e conseguimos avançar. Em alguns lugares chegamos ao digital, no entanto ainda estamos em quase todas as regiões com tecnologia atrasada, em certos casos até mesmo no papel. NO PAPEL! Tivemos pequenas conquistas, graças a empreendedores como Jeovani, porém ainda estamos atrás das grandes economias do mundo.

Os artigos deste livro trazem suas visões, seu conhecimento e, acima de tudo, o estudo de alguém que acredita no nosso país como uma grande nação. Alguém que enxerga a tecnologia como progresso, ao mesmo tempo em que reconhece o desenvolvimento humano e as relações interpessoais como cerne da questão. São textos atraentes, com boas histórias e que surpreendem, informam e nos chamam para o próximo capítulo.

Para quem pensa o futuro, como Jeovani, o futuro já chegou. Vamos parar de dormir, é hora de acordar, saber, fazer e se emocionar.

Izalci Lucas
Senador da República

APRESENTAÇÃO

Os textos que deram origem a este livro foram escritos no período de 1 ano, de forma semanal, e publicados no site Capital Digital, do meu querido amigo Luiz Queiroz[2], entre abril de 2020 e março de 2021. Quando recebi o convite, meu intuito era elaborar apenas um artigo. Estava motivado a responder aos inúmeros "gurus" que surgiram com previsões mirabolantes sobre o futuro, em função da pandemia ocasionada pela Covid-19. Queria, também, proporcionar reflexões de qualidade, em contraposição aos inúmeros manifestos sem profundidade que dominam as redes sociais.

Fui impulsionado a produzir o artigo seguinte pelos bondosos elogios dos amigos. A persistência deles, a cada semana, foi vital para que eu tomasse a decisão de contribuir de forma regular para a coluna. E, assim, aconteceu a deliciosa jornada de combinar a vivência no mundo da Tecnologia da Informação (TI) com minhas crenças sobre gestão, minhas leituras de ficção e não ficção, bem como às experiências obtidas nas relações familiares, de amizade, empresariais e em entidades coletivas. Apesar de reconhecer a relevância e defender investimentos no setor de TI, no decorrer do livro, coloco a tecnologia em seu devido lugar, não como um fim em si própria, mas um poderoso instrumento de servir à sociedade, o ser humano.

O tempo foi generosamente trazendo elementos de inspiração que foram recheados de pesquisas, opiniões de especialistas e, inclusive, parcerias, como no caso dos amigos Dyogo Oliveira[3], Glória Guimarães[4] e o próprio Luiz Queiroz, que me presentearam com sabedoria e novos pontos de vista, cada qual na coautoria de um artigo.

Começamos a divulgar os textos nos canais da empresa da qual sou fundador, a Memora Processos Inovadores SA, e o retorno foi muito positivo quanto ao conteúdo do material. Um dos meus sócios, Marcos Paiva, também fundador, certo dia fez a provocação de publicarmos um livro assim que eu chegasse a 30 ou 35 artigos. Aceitei a ideia, mas, diante do momento histórico que vivemos, preferi completar o ciclo anual.

No decorrer do percurso, percebi que muitos dos meus círculos de relacionamento não possuem familiaridade com TI e, em sua maioria, não são aficionados das ciências exatas. Meu desafio passou a ser introduzir assuntos densos de maneira simples e envolvente. O leitor inicia por narrativas leves, histórias de vida, episódios divertidos, casos conhecidos e, gradativamente, por meio de analogias, comparações e exemplos, adentra em questões bem mais complexas, sobre as quais, eventualmente, ainda não tinham refletido a fundo por falta de informação ou conhecimento. A conexão entre o digital e o humano, as relações, os sentimentos, o analógico, tudo isso está presente em cada página.

Inteligência Artificial, Big Data (análise de grande quantidade de dados), Criptografia, Biotecnologia, Urnas Eletrônicas, Inovação, Empreendedorismo, Economia Digital são exemplos dos temas abordados. Sempre conectados ao quadro pandêmico que vivenciamos. Especificamente sobre a internet, tive a honra e o privilégio de contar com a participação de Vint Cerf[3] – uma lenda viva do setor de Tecnologia da Informação – ao trazer uma contribuição inédita para um dos artigos.

Ao final, passando dos ensaios da realidade para a ficção, avancei 100 anos no tempo e olhei para nosso momento presente com os olhos daqueles que virão no futuro. O otimismo é marca presente da minha vida, motivo pelo qual essa característica se apresenta nas minhas palavras, em especial naquelas que representam a minha visão do que está por vir.

PRÓLOGO
Sobre o título

O avanço da tecnologia é inexorável.

A pandemia da Covid-19 acelerou notadamente a transformação digital, que, por sua vez, promoveu modificações cujos impactos ainda não se podem prever. Reuniões on-line; trabalho, estudos e até relacionamentos remotos; compras pela internet e tantos outros aspectos se intensificaram no mundo virtual a ponto de, em conjunto, representarem uma revolução na nossa realidade.

Tenho um longo histórico de defesa do setor de Tecnologia da Informação no Brasil e seu posicionamento perante o mundo, pois acredito que economias baseadas em conhecimento são mais benéficas para a sociedade do que aquelas baseadas em *commodities*. No entanto, a tecnologia não deve ser um fim em si mesma. Justamente por isso, o título deste livro, ao contrário de uma negação ao digital, é o reconhecimento de que essa maravilhosa criação do ser humano deve se reverter em prol do seu criador.

Nesse contexto, as principais análises que faço no decorrer dos artigos não se limitam às evoluções tecnológicas, mas também abordam seus impactos para as pessoas. As novas e sensacionais versões de um software, de um dispositivo de hardware, como o seu celular, ou de conexões biomecânicas, que vão permitir avanços na medicina, somente são importantes pelas consequências provocadas no indivíduo ou na coletividade.

Assim, analisar as modificações das dinâmicas sociais, decorrentes da resposta da tecnologia à covid, é mais relevante do que avaliar a tecnologia propriamente ou suas tendências. A premissa correta é colocar o indivíduo e suas relações no centro do progresso.

Apenas o ser humano é capaz de vivenciar o amor, as paixões, as sutilezas de um toque, um abraço caloroso ou o silêncio de quem sabe que pode se calar, pois o outro está ao lado. Somente nós, e jamais as máquinas, sabemos usufruir dos sabores de uma especiaria, sentir o calor da manhã, apreciar o aroma e a beleza de uma flor ou nos encantamos com as harmonias de uma canção.

O futuro pertence à humanidade e é exatamente por isso que o futuro é analógico!

Predições pós-covid

> *Eu condeno os falsos profetas, eu condeno o esforço de tirar o poder da decisão racional, de drenar as pessoas de seu livre arbítrio.*
> ——— GENE RODDENBERRY

No contexto da pandemia, vivemos sob condições únicas causadas por um fator relativamente comum na ficção, mas que poucos acreditavam ser capaz de assolar nosso cotidiano. O fato é que a maior parte da população mundial se viu sob algum tipo de restrição: os mais afortunados, de deslocamento; outros tantos, sob risco iminente de ter sua estrutura financeira abalada, e, os mais carentes, com dificuldades inclusive de alimentação. Empatia, solidariedade e amor ao próximo são respostas universais nesses momentos, motivo pelo qual gostaria de predizer um aumento significativo desses nobres sentimentos, contudo, isso é apenas uma esperança sem viés científico.

Tenho ouvido, dos mais diversos arautos do futuro, predições de toda ordem. Esse cenário de intensas mudanças é propício para tanto. Em especial os ditos especialistas têm abusado da capacidade de prever o que está por vir. No entanto, criar modelos matemáticos preditivos robustos é algo complexo, principalmente quando se amplia o grau de incerteza, o que transforma tais "especialistas" em "palpiteiros" de plantão.

Sendo assim, é recomendável que você, leitor, seja um tanto cético em aceitar qualquer previsão com a pretensão de invocar para si um alto nível de precisão. A única certeza é que existem muitas dúvidas sobre os anos vindouros e os impactos da pandemia na sociedade.

Como indivíduo e, eventualmente, como organização, a despeito da impossibilidade de se prever com acuidade, há a premência de planejamento e preparação. Partir da premissa de que voltaremos a ser exatamente como éramos, a meu ver, é mais arriscado do que escolher algumas tendências, mesmo que incertas, e apostar nelas.

Com o objetivo de encontrar tais tendências, uma alternativa sólida é compreender alguns movimentos pré-crise que ganham força nas condições particulares atuais. Merecem destaque, tanto pela transversalidade quanto pela minha incansável crença da capacidade de transformação social, as disciplinas de Tecnologia da Informação (TI).

Universalização do Acesso – Acesso é uma palavra mágica de transformação. Quanto mais conhecimento chegar aos mais carentes, maior a chance de provocarmos mudanças estruturais no tecido social. Isso significa maior investimento em internet (por exemplo 5G, ampliação de bandas e infraestruturas correlatas), aplicativos móveis, redes sociais, bancarização, medicina e ensino a distância, entre tantos outros.

Realidade Virtual – Segundo a Singularity University, no período entre 20 e 30 anos vindouros, não saberemos mais distinguir realidade de realidade virtual. Com o crescimento exponencial do trabalho e do estudo remotos, o que não deve declinar para os volumes pré-crise, esse período previsto de duas ou três décadas deve se abreviar. Isaac Asimov, em sua saga *Fundação*, primeiro livro de 1951, criou planetas, com colonização humana, nos quais a longevidade da população tinha consequências interessantes. Dentre elas, redução demográfica e isolamento social. Em Aurora, um desses planetas, as reuniões já ocorriam se utilizando de hologramas (realidade virtual!).

Jogos Eletrônicos – A indústria de games movimentou mais de US$ 120 bilhões em 2019, segundo a SuperData. Já é uma realidade, mas vai avançar muito mais. Com a ausência dos esportes, em decorrência do confinamento, os *eSports* (se você nunca ouviu falar, está na hora de se atualizar) estão batendo recordes. Os sites dos esportes mentais (xadrez, bridge – meu hobby preferido, go – jogo de tabuleiro chinês, poker e damas) nunca tiveram números tão elevados de pessoas on-line.

Inteligência Artificial, Nuvem e Big Data – Essas tecnologias, cada qual ao seu modo, já eram prioridade absoluta de um grande número de corporações e países. Não há evidências de que a crise afete negativamente os investimentos nessas áreas, muito menos qualquer cenário futuro não apocalíptico em que essas tecnologias não estejam presentes. A propósito, Inteligência Artificial tem potencial disruptivo em qualquer predição. Inteligência Artificial criando Inteligência Artificial pode levar a cenários trágicos como em *Matrix* ou *O Exterminador do Futuro*, bem como para modelos sociais extraordinários de prosperidade. Aqui cabe mais uma referência a Asimov e suas Três (quatro) Leis da Robótica – se você ainda não as conhece, penso ser leitura obrigatória nesse campo.[6]

Serviços Digitais ao Cidadão – Não porque deverão ser, e sim porque já deveriam ter sido! Flagrante o atraso de governos nesse aspecto. O "balcão" físico já deveria ser uma exceção. Provavelmente, boa parte daqueles que estão lendo este artigo nasceram analógicos. Eu, pessoalmente, ingressei na universidade sem mesmo saber para que os computadores serviam. Nós, nascidos analógicos e viventes digitais, presenciamos uma transformação incrível. Apesar disso, ainda aceitamos dos governos serviços que demandam nossa presença física. Mas nossos filhos não! Eles nasceram digitais e exigem serviços digitais. Que esta crise, ao escancarar as deficiências governamentais em oferecer digitalmente os serviços necessários para a população, seja propulsora de investimentos maciços, consistentes e generalizados em Tecnologia da Informação.

A fluidez das dinâmicas sociais pode nos levar para muitos caminhos. Há quem garanta que o curso do rio foi afetado para sempre, outros que, gradativamente, o mundo pós-crise encontrará rotas parecidas com aquelas que seriam percorridas sem ela. A certeza é que o papel da TI se tornou ainda mais importante.

Se você ainda procura um caminho pós-covid, minha receita é empatia, solidariedade e amor ao próximo, com pitadas e mais pitadas de Tecnologia da Informação.

Janela de Overton e *fake news*

> *Às vezes não é suficiente saber o que as coisas significam, às vezes você tem que saber o que as coisas não significam.*
> ——— BOB DYLAN

A primeira vez que me deparei com o conceito de Janela de Overton foi em um livro de Glenn Beck, apresentador de TV, comentarista político e escritor americano, no qual se desenvolve uma trama cujo objetivo é destruir os Estados Unidos. O autor entrelaça acontecimentos reais com ficção, provocando o leitor a se questionar sobre os limites entre teoria conspiratória e realidade.

No decorrer do romance, Beck explora o conceito da Janela de Overton, criado por Joseph P. Overton, que foi vice-presidente de um *think tank* chamado Mackinac Center for Public Policy, o qual defende que o grau de liberdade das decisões políticas é limitado pela opinião pública, dentro de uma janela (daí o termo) de aceitabilidade. Ou seja, mesmo que a liderança máxima de um país acredite em determinada política pública como a melhor solução técnica para certo problema social, tal medida somente poderá ser adotada com sucesso se estiver dentro de uma faixa de aceitação da sociedade.

No tão presente caso da pandemia, em vários países, governantes acreditavam em estratégias de confinamento vertical, com a preservação dos grupos de risco, como modelo adequado para equilibrar as consequências imediatas de saúde pública com os efeitos devastadores da queda do desempenho econômico. Ainda que essa pudesse ser hipoteticamente a melhor alternativa, deixando claro que o propósito do artigo não é discutir o mérito de um ou de outro posicionamento, os políticos não tiveram liberdade para implantá-la.

Aborto, casamentos homossexuais, liberação de cassinos, redução da folha de pagamento dos servidores públicos durante a crise da covid, reformas previdenciária e trabalhista são exemplos de temas que sofrem limitações de escolha por parte dos políticos. Deliberar fora da Janela de Overton causa desde desgaste de imagem até repúdio grave do governo, a exemplo do ocorrido recentemente no episódio da majoração dos preços de passagens de metrô no Chile[7].

Mas os governantes nunca estiveram completamente de mãos atadas; a sabedoria política já ensinou que não se deve nadar contra a maré. A fórmula então é deslocar a Janela de Overton.

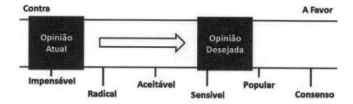

Tal intento era obtido pela cuidadosa utilização da mídia, criando notícias, ampliando ou diminuindo a credibilidade de atores específicos, desviando-se do mérito central para embarcar o tema desejado em outro de melhor aceitação. Em síntese, antes de tomar uma medida impopular ou inviável, todo governo minimamente preparado busca manipular a opinião da sociedade, ou seja, a sua opinião.

Ocorre que, com a proliferação do acesso à internet e dos dispositivos móveis, surgiu uma nova e poderosa ferramenta: as *fake news*. Nos sucessivos governos que tivemos recentemente, incluindo os períodos eleitorais, vimos a intensificação do uso desse artifício para deslocar a Janela de Overton.

A ausência de autoria permite que os criadores das notícias falsas ultrapassem limites e criem situações com grande potencial de manipulação, principalmente quando adeptos mais radicais de uma proposta, de um partido ou de um político reproduzem desenfreadamente essas (des)informações. Consciente ou inconscientemente, caso você não esteja no extremo oposto da ideia, sua percepção começa a ser ligeiramente modificada. Você, de maneira gradativa, ao se expor e absorver memes e *posts* sem visão crítica, vai sendo manipulado em um movimento de massa. O pior, você pode estar sendo movido para uma janela de aceitação de um ato ou uma política pública que não representa algo em que você realmente acredita.

Redes sociais, influenciadores digitais e softwares de mensagem instantânea são uma composição explosiva para ampliação exponencial de *fake news*, ainda mais em tempos de confinamento. O reverso é que também podem ser um ambiente adequado para mediação e bom senso, para convergência e união. Requer de cada um de nós vigilância e responsabilidade redobradas.

Aproveite esses momentos em casa, reflita mais intensamente sobre seus valores e posicionamentos. Antes de repassar qualquer informação, verifique a autoria, os dados, as fontes, a realidade dos fatos. Seja um influenciador do bem.

A vingança da biologia

Não existe uma categoria de ciência à qual se possa dar o nome de ciência aplicada. Existem ciências e aplicações da ciência, unidas como o fruto da árvore que as produz.
—— LOUIS PASTEUR

A herança econômica, tecnológica e de processos da Revolução Industrial é perceptível na sociedade até os dias atuais. Há um reconhecimento geral de que esse período representou um dos maiores marcos históricos da humanidade, principalmente sob o olhar econômico. O vencedor do Prêmio Nobel Robert E. Lucas, considerado um dos grandes macroeconomistas do século XX, menciona:

> Pela primeira vez na história o padrão de vida das pessoas comuns começou a se submeter a um crescimento sustentado... Nada remotamente parecido com este comportamento econômico é mencionado por economistas clássicos, até mesmo como uma possibilidade teórica.

O trabalhador do século XVIII perdeu o domínio sobre a confecção integral do seu produto, bem como a compreensão ampla do processo produtivo, passando a se tornar um elemento em uma linha de produção, responsável e conhecedor apenas do mínimo necessário para executar a sua pequena parte do todo.

De forma invisível, a ciência, particularmente a física, iniciou sua jornada para o domínio das corporações, não apenas do ponto de vista tecnológico, de materiais, de inventos e criação, mas também sob o ponto de vista organizacional e cultural. O mecanicismo de Newton invadiu o jeito de pensar dos administradores e se infiltrou de forma incisiva no modelo mental do cidadão comum.

É natural, por exemplo, se referir ao corpo humano como uma "máquina perfeita"; quando uma estrutura ou corporação funciona bem, dizemos que "funciona como um relógio"; quando queremos melhorar algo, mencionamos que precisamos "azeitar as engrenagens"; quando alguém tem boa saúde, tem "saúde de ferro". Referências e mais referências sobre a máquina, sobre a física como regente das relações e do funcionamento.

Organizações mecanicistas possuem características com as quais convivemos na maior parte das nossas vidas. Decisões no topo, hierarquia como forma de autoridade, estruturas burocráticas e verticais, comunicação unilateral, uma única forma correta de funcionamento e de resposta, poder nas estruturas intermediárias (gerências), trabalho individualizado e segmentado.

A física tem influenciado a sociedade como um todo e, em parceria indissociável com a matemática, foi a base para a criação de grandes avanços científicos e tecnológicos que melhoraram de forma contínua a qualidade de vida. Em seu primeiro livro, *A Estrada do Futuro* (1995), Bill Gates menciona que um cidadão de classe média dos tempos atuais tem um padrão de vida superior aos reis da idade média.

Dentre tantas conquistas, essa ciência foi responsável pela criação e pelos avanços dos computadores, cuja trajetória tem impactos decisivos no nosso cotidiano. Mais recentemente, a aplicação da física quântica promete gerar capacidade de processamento de dados a níveis nunca vistos. Google, IBM e Intel são exemplos dos gigantes que competem nessa disciplina, e já há anúncios de tonarem seus inventos um milhão de vezes mais rápidos do que os equipamentos convencionais.

O curioso ciclo das dinâmicas sociais, no entanto, nos leva por caminhos interessantes. Justamente a proliferação da Tecnologia da Informação foi um vetor decisivo para o surgimento, crescimento e fortalecimento da Era do Conhecimento. Democratização da informação, mudanças rápidas, relacionamento multifacetado e global, necessidade de velocidade na tomada de decisão, comunicação instantânea, mobilidade, alto grau de exigência dos clientes, serviços digitais são características desse novo momento.

Nesse cenário, as instituições regidas pela física já não são mais efetivas. Se transformaram em estruturas caras, pouco flexíveis, com respostas lentas, burocráticas e ineficientes. A sociedade clama por organizações interdependentes, com decisões descentralizadas e focadas no cliente, com múltiplas alternativas sobre a maneira de fazer, que sejam capazes de conviver com a ambiguidade e que reconheçam múltiplos padrões de comportamento interno e externo. A ciência protagonista para a solução dessas questões não é mais a física e sim a biologia.

Esse movimento está em curso desde o final do século passado, promovendo verdadeiras transformações. Em 1990, o ranking das dez maiores empresas do mundo era recheado de empresas de petróleo e automotivas. Em 2019, oito das dez maiores são do setor de economia digital, lideradas pela Amazon.

Se não bastasse, para acelerar ainda mais as mudanças, nos deparamos com a pandemia provocada pela Covid-19. Um vírus oriundo, evidentemente, da biologia e não da física, que mexe com os alicerces sociais de forma inédita. De um dia para o outro, literalmente, precisamos aprender novas dinâmicas sociais de convívio no trabalho e em casa. As interações familiares baseadas em comando e controle, hierarquia, comunicação vertical e em uma só direção possuem baixas possibilidades de prosperar. A inspiração biológica deve ganhar espaço também nos nossos lares.

As decisões de isolamento social – como, quando e quem confinar – estão baseadas fortemente nas opiniões de médicos, infectologistas e biólogos. A biologia se vingou! Pela primeira vez na história, rege as relações sociais, trazendo uma nova luz para o futuro.

No entanto, não podemos esquecer dos erros do passado. A física, quando adotada de forma isolada, conseguiu oferecer alternativas por algum período, contudo, sozinha, encontrou seus limites e fracassou no cenário mais fluido da Era da Informação. O mesmo ocorrerá com a biologia, ou com qualquer outra disciplina que seja adotada de forma hermética.

A chave do sucesso é uma abordagem multidisciplinar. Em particular, no momento atual, a ciência deve ser pilar fundamental nas decisões sobre a pandemia, mas não podemos nos restringir à biologia. As melhores respostas devem vir da mistura entre medicina, economia, ciências sociais, física, estatística e matemática.

Realidade virtual e clone digital

[Coautoria de *Glória Guimarães*]

> *Cada um sabe a dor e a*
> *delícia de ser o que é.*
> ——— CAETANO VELOSO

É tanta!
    É tanta tecnologia, e toda hora se ouve falar... que a tecnologia existe para melhorar a nossa vida, que os robôs irão nos substituir nas tarefas rotineiras e nos proporcionar tempo livre.
    Então a gente pensa: como aproveitar essa onda para facilitar o nosso dia a dia, para melhorar nossos vínculos pessoais, nossas relações de trabalho, solucionar os problemas sociais que sonhamos resolver na infância.
    Imaginar clones digitais já não é mais ficção científica, faz parte de uma realidade virtual que começa a se encontrar com a realidade cotidiana. A hipótese de treinar robôs não é mais exclusividade de *Perdidos no Espaço*, tampouco está restrita aos livros de Arthur Clarke, que, a propósito, escreve sobre isso em *Richter 10*, em coautoria com Mike Mcquay.

O tema é tão sério e atual que se encontra em destaque no relatório de tendências do Gartner[8] para 2020 e já é alvo de algumas *startups*, com é o caso da Replika[9], liderada pela russa Eugênia Kuyda.

Robôs que aprendem a partir dos nossos aprendizados, podendo utilizar recursos de Inteligência Artificial (IA) para melhorar as conexões e dar repostas. O processamento de grande quantidade de informações, com aplicação de técnicas adequadas, abre a perspectiva de simular o comportamento de um indivíduo. Essa foi a inspiração de Kuyda, depois de perder prematuramente um amigo.

No campo lúdico, poderíamos conviver com nossos ídolos no esporte. O jogo FIFA já tem simulado atletas reais em suas características físicas e habilidades, construindo jogos de futebol cada vez mais próximos da realidade. Se você, leitor, pudesse criar sua própria réplica virtual, poderia entrar em campo com as maiores estrelas do mundo esportivo e esperar, é claro, que isso não se transformasse em um verdadeiro vexame.

Para os aficionados do bridge, caso de um dos autores deste artigo, seria esplêndido poder ter os dublês digitais dos grandes jogadores. No Brasil, temos o privilégio de conviver com quatro campeões do torneio Bermuda Bowl, equivalente à Copa do Mundo da FIFA: Gabriel Chagas, Roberto Mello e os irmãos Pedro e Marcelo Branco. Eles estariam disponíveis para uma disputa ou para nos ensinar algumas lições.

Mas vamos ampliar as possibilidades. Imagine você conseguir armazenar em um lugar tudo o que mais aprecia na sua família, por exemplo: voz, receitas, troca de experiências... Já pensou? A partir disso pode-se idealizar clones daquilo que se considera importante para sua vida, para a saúde, para a educação e por aí vai.

Imagine, ainda, os grandes pensadores, poetas, filósofos e cientistas. Adoraríamos ouvir uma nova canção de Tom Jobim ou mais uma poesia de Mario Quintana. O clone de Kant talvez pudesse fazer contribuições gigantes para a filosofia moderna, estudando os pensadores que o sucederam e a imensa quantidade de informações acessíveis hoje. O dublê de Einstein poderia rever seu posicionamento e se alinhar com os teóricos da física quântica[10].

Além disso, durante muitos anos se falou em "bases de conhecimento" e como as explorar para tomadas de decisão e resolução de problemas. Talvez esse seja um excelente caminho para se construir bases de experiências vividas, portanto bem mais ricas no momento da ação. As possibilidades são infinitas, inimagináveis e empolgantes.

Muito bem! Já abordamos o que é divertido e interessante do clone. Por outro lado, temos aspectos preocupantes sobre essa questão, como segurança da informação, exposição exagerada em redes sociais e implicações éticas. Há riscos de manipulação e ausência de transparência em processos como esse.

Quando estamos falando de informações que são de conhecimento público, sem problemas. Contudo, e se estivermos lidando com estratégias e experiências pessoais a serem clonadas? Será que efetivamente temos o direito de divulgar ou correr o risco de haver um vazamento?

Outro aspecto importante é que temos uma imagem mental daqueles que nos são caros e cada ser humano possui sua própria interpretação dos fatos. Assim, quando existirem clones, eles terão de ser "ensinados" por nós, com todo cuidado, porque somos a "inteligência" das máquinas.

Risco adicional é que podemos querer ser "Deus" e manipular os sentimentos das pessoas em função de conhecer os hábitos e histórias daqueles que já não se encontram mais conosco.

De forma empolgante ou aterrorizante, as tendências apontam para esse rumo; clones digitais serão uma realidade em breve. Nesse cenário, torna-se mandatório criar mecanismos de proteção dentro da nova realidade.

E como proteger o dublê digital, se estamos todos em nuvem, se estamos em redes sociais e ainda mais considerando que, certamente, esse clone não estará trancado numa gaveta como um boneco falante? Esta é a grande questão: já temos enormes desafios de segurança para garantir que os dados das empresas e das pessoas se mantenham em absoluto sigilo, com severas leis, como a LGPD – Lei Geral de Proteção de Dados, as quais não permitem a utilização de seus dados sem a sua autorização.

Vazamento de dados pessoais podem gerar danos graves, pois abrem espaço para possibilidades de utilização indevida para fins ilícitos, tais como fraudes de identificação passíveis de gerar prejuízos financeiros e de imagem. Portanto, teremos que pensar em mecanismo de segurança digital, como, por exemplo, combinações complexas de algoritmos e IA para diminuir os riscos de vazamentos e suas consequências.

Por fim, essa equação deverá ser muito equilibrada para que um simples ato de lembrança ou de querer ajudar não se torne um grande problema. Enquanto o futuro não chega, podemos colecionar informações sobre nossos entes queridos ou sobre nós mesmos com a esperança de eternizar encontros. Mas se há algo mais valioso do que as perspectivas vindouras, são os relacionamentos do presente. Então, mesmo que você decida sonhar com clones digitais, talvez seja a hora de terminar a leitura e ir falar com quem você ama.

A geração que não está

> *Você não pode alterar as condições, pode mudar apenas seu modo de lidar com elas.*
> ——— JESSICA WATSON

Sou pai de cinco filhos e testemunha viva de que eles já nasceram digitais. Absorvem as novas tecnologias, com suas interfaces e peculiaridades, na mesma velocidade que nós, de uma geração, digamos, anterior (risos), aprendemos a jogar bolinha de gude, a soltar pipa e a brincar de boneca. É natural para eles navegar nas mais diferentes redes sociais, jogar em inúmeras plataformas, utilizar mais de um aplicativo de mensageria, manter seus documentos na nuvem, ler livros inteiros nas telinhas e utilizar o celular como principal dispositivo para tudo.

Inventaram um linguajar novo, com abreviações e novas expressões, que agilizam a comunicação e, quem sabe, permitem a conversa em um dialeto que nós, de outra época, nem sempre somos capazes de compreender. Felizmente, para eles, adaptaram-se mais facilmente às restrições impostas pela pandemia. O confinamento físico não implica, de nenhuma maneira, confinamento intelectual, de relacionamento, de diversão. Netflix, Amazon Prime, Spotify, as *lives*, além dos jogos on-line e das redes sociais, já faziam parte do mundo deles.

Aprender uma nova plataforma com fins educacionais, para essas crianças e esses adolescentes, está longe de significar um desafio intransponível. Mais fácil ver os filhos ensinando aos pais as funcionalidades das dezenas de diferentes ferramentas de reuniões virtuais que estão sendo utilizadas no trabalho.

A interação com os amigos continua, embora tenhamos notado a saudade também os afetando. Não como a nossa, visto que sempre construímos a base de nossas relações olhando nos olhos, compartilhando um abraço e fazendo brindes com o barulho das taças batendo.

Mesmo antes da pandemia, no entanto, eu já observava um comportamento curioso. Nas reuniões familiares, ou até no convívio diário, enquanto nós, adultos, focávamos nos diálogos presenciais, eles, mais novos, estavam ligados em conversas virtuais. Eventualmente, isso poderia ser uma resposta para a diferença de gerações e interesses. Pelo menos no pensamento deles, devemos ser muito mais chatos e obtusos do que parecemos para nós mesmos. Ocorre que a atitude não se apresentava apenas conosco. Quando estavam com amigos, namorados, colegas de escola e em outras atividades de forma presencial, seguiam nos bate-papos e distrações virtuais.

Em razão desse contexto, resolvi nominar essa turma de "a geração que não está". Não estão de corpo e alma. Saltam de uma conversa para outra, de uma interação para outra, de uma rede para outra em segundos. A consequência é que raramente absorvem a integralidade de um momento específico de convívio.

Oportuno refletir sobre o tipo de sociedade a ser construída por esses indivíduos. Para minha grata surpresa, eu, que tinha apenas observado o fenômeno e não tinha base teórica para o avaliar, encontrei respostas nas aulas de filosofia/sociologia da minha filha do meio, a Luíza, que me introduziu ao sociólogo e filósofo polonês Zygmunt Bauman.

O pensador criou diversos termos utilizando a palavra "líquido(a)", sempre com intuito de denotar fluidez, mudança constante de forma, transitoriedade, dinâmica de movimento. Assim, a "Sociedade Líquida" é caracterizada por relações instáveis e mais superficiais, pensamentos de curto prazo, realizações mais imediatas. Não é estranho, percebendo a realidade por esse ângulo, explicar os sucessos quase imediatos (e passageiros) de blogueiros, *influencers* e celebridades mundiais sem qualquer conteúdo.

O impacto sobre a construção de relacionamentos é gigante. Nas palavras de Bauman: "Amor líquido é um amor 'até segundo aviso', o amor a partir do padrão dos bens de consumo: mantenha-os enquanto eles te trouxerem satisfação e os substitua por outros que prometem ainda mais satisfação."

É intrigante a correlação entre consumo e relacionamentos. Lembrando da minha infância, passei vários períodos das férias em uma pequena oficina de eletrodomésticos do meu pai, que, por coincidência, nasceu em 1925, mesmo ano de Bauman. Lá eram consertados ferros de passar, chuveiros, luzes de Natal e enceradeiras (tudo bem, se você é da geração digital nem sabe o que é isso!). Era uma época na qual se restauravam as coisas. Hoje, se estragou, joga fora e compra outro. Da mesma forma, houve transformação nos relacionamentos. Ter um envolvimento de longo prazo é complexo, caro e difícil. Você precisa se expor, ceder, convergir, pensar no outro, aceitar os defeitos. Na internet, você simplesmente se desconecta, passa para o próximo, cancela.

Mas a vida com apenas convivências casuais, amizades rasas e amores superficiais parece muito vazia. Saber que você tem alguém com quem pode contar em qualquer ocasião, um companheiro de batalhas, um irmão de sangue, um parceiro para a vida faz tudo ter mais sentido. Principalmente, quando você representa isso para alguém. A existência se torna mais plena e cheia de significado.

A questão central passa a ser como nós – pais, avós, tios, professores, conselheiros, líderes da nova geração – podemos intervir positivamente no futuro desses jovens? O primeiro passo é aceitar que a "Modernidade Líquida" já se encontra em pleno curso. Não regressaremos para uma "Sociedade Sólida" – termo também utilizado por Bauman para representar tempos anteriores ao atual.

Em seguida, faz-se necessário encontrar convergências e interesses comuns, viver um pouco do mundo deles, sem esquecer quem somos. Criar autoridade, para ser respeitado e ouvido, mas ter humildade e flexibilidade para aprender com eles. Cada um no seu papel, proporcionando, gradativamente, mais proximidade, intimidade e confiança. Precisamos ser para eles um ponto de referência, um farol, para os que navegam nessas águas fluidas.

Exponencial

*Difícil de se ver. Sempre em
movimento o futuro está.*
────── MESTRE YODA

No livro, **O Homem que calculava**, de Malba Tahan – pseudônimo do matemático brasileiro Julio César de Melo e Souza –, cujas contribuições para a divulgação da matemática merecem louros até o infinito, conta-se uma lenda da invenção do xadrez. Um monarca indiano, após derrotar invasores inimigos, em uma batalha que tirou a vida do filho, encontrava-se inconsolável. Um súdito, após longa viagem, o presenteou com um jogo que, ao simular a guerra, permitiu ao rei extravasar seus sentimentos e aliviar a imensa perda.

O regente, extasiado com a novidade, ofereceu ao criador a possibilidade de escolha de uma recompensa. Ao invés de castelos, ouro ou terras, o humilde servo, no entanto, pediu o pagamento em trigo. Um único grão para o primeiro quadrado, dois para o segundo, quatro para o terceiro, oito para o quarto, e assim sucessivamente, dobrando a cada uma das 64 casas do tabuleiro de xadrez.

Os conselheiros da corte, prontamente, incentivaram sua majestade a conceder tão singelo pedido. O monarca, então, chamou os calculistas do palácio para que o desejo do jovem solicitante fosse imediatamente atendido.

O pensamento humano, desde os primórdios, tem grande familiaridade com o linear. Calcular o número de frutas em uma árvore, identificar a presa e sua velocidade para o abate, comparar a quantidade de pessoas em encontros de tribos distintas, conhecer a distância até o rio. As variações desses números, quando ocorrem, são gradativas e facilmente assimiláveis. Esse comportamento ancestral colocou o sultão e seus vizires em uma situação inusitada. Apesar do combinado, não puderam cumprir a promessa efetuada.

Dobrar a cada movimento no tabuleiro leva a um número estonteante: $1,8 \times 10^{19}$. Para transportar essa colheita, seriam necessários 92 bilhões de aviões com capacidade de 200 toneladas!

Quando o crescimento exponencial ocorre nas histórias, apenas atina nossa curiosidade, mas com a tecnologia (ou com os vírus!) ele se faz presente em nosso dia a dia e pode provocar modificações substantivas. Em 1965, Gordon Moore, cofundador da Intel, criou uma lei que carrega seu nome, segundo a qual, a cada 18 meses, o poder computacional dos processadores iria dobrar. Com isso, a capacidade do computador de orientação da Apollo 11, que em 1969 levou a humanidade até a lua, hoje é facilmente superada pela capacidade de processamento de um carregador de celular, segundo Forrest Heler, da Apple. Se compararmos a capacidade computacional inteira da NASA naquele período com os dias de hoje, certamente os cientistas teriam optado por controlar a missão em "home office"!

Como a Lei de Moore trata da parte física da computação, do hardware, embora tenha sido cumprida por mais de 40 anos, ela começa a encontrar seus limites. As mudanças de paradigma com a aplicação da física quântica, possivelmente, vão ensejar uma releitura da lei para novos patamares. Por outro lado, quando falamos de software, não há barreiras de insumos ou materiais. Ao oferecermos um serviço de forma digital, a expansão do seu uso pode ser acelerada de forma exponencial.

Vejam como exemplo o Zoom, plataforma de reuniões on-line, cuja utilização disparou com a Covid-19. Suas ações já valem mais de US$ 38 bilhões, valor superior às sete maiores companhias aéreas somadas.

E por falar em viagens, as de carro, antigamente, eram precedidas de um estudo minucioso de mapas em papel, para ajudar a definir as melhores rotas. Com o surgimento do GPS, esse problema terminou, de forma que os antigos guias *Quatro Rodas*, antes indispensáveis, hoje devem ser relíquias de colecionadores. Ocorre que o GPS físico terá o mesmo destino dos mapas em papel. Com a criação do Google Maps e do Waze, esse serviço passou a ser oferecido virtualmente, podendo ser acessado de qualquer dispositivo móvel. Segundo a Google, há mais de 1 bilhão de acessos por mês nessas plataformas.

Da mesma forma, sumiram os discos de vinil, as câmeras fotográficas, as fitas e as locadoras de vídeo, os CDs, os disquetes, os aparelhos de fax. Estão sumindo as livrarias, os relógios de ponteiro, os pagamentos em espécie, os processos em papel, os telefones fixos. Sem contar com as inúmeras profissões ameaçadas. O que é repetitivo e operacional, ou já está sendo ou será feito melhor pelas máquinas do que por nós.

Novas ondas de tecnologia estão por vir e, além de terem desenvolvimento exponencial, podem chegar rapidamente e de forma simultânea. Sem querer ser exaustivo, faço uma pequena lista de inovações que podem mudar sua rotina dentro de um horizonte próximo: Nanorrobôs aplicados à medicina vão penetrar no corpo humano para combater infecções, eliminar vírus e bactérias, desobstruir artérias, matar células cancerígenas e até alterar código genético.

Drones para entregas prevalecerão sobre qualquer outro tipo de logística. Se o confinamento atual ocorresse daqui a 10 anos, você receberia suas encomendas quase exclusivamente assim.

Carros autônomos serão mais comuns do que aqueles dirigidos por humanos. Estamos falando também de transportes coletivos e de cargas.

Roupas especiais vão inicialmente ser utilizadas para monitorar o seu corpo (temperatura, batimentos cardíacos, nível de oxigênio e de açúcar no sangue, pressão sanguínea) e transmitir essas informações para seu médico. Em seguida, serão confeccionadas com polímeros em gel para aumentar a força e resistência dos trajes.

Impressoras 3D serão usadas para construir casas, permitir que você faça seus próprios móveis e até na criação de órgãos humanos para transplante.

Próteses vão evoluir de forma a interagir com seu sistema nervoso central de maneira tão natural que serão incorporadas à sua biologia para melhorar ou recuperar características físicas.

Realidade virtual será aplicada para diversas áreas como educação, saúde e turismo de um jeito tão sofisticado que vai se confundir com a própria realidade.

A lista é bem mais ampla e envolve, ainda, meios de pagamento, clones virtuais, energias renováveis e, um pouquinho mais à frente, viagens especiais. Não obstante, a mais disruptiva das tecnologias, que pode provocar mudanças imprevisíveis, é a Inteligência Artificial (IA). É evidente o fato dela está inserida em muitos dos potenciais avanços já mencionados, a despeito disso, o maior poder de transformação ocorrerá quando dispositivos providos de IA estiverem criando outros dispositivos de IA.

Se você acredita ser essa uma realidade distante, vale conferir o caso do Facebook, que desenvolveu experimentalmente dois *bots* para negociarem entre si. No entanto, decidiu encerrar a pesquisa quando detectou que os robôs estavam se comunicando com uma linguagem criada por eles mesmos.

Felizmente, nós, seres humanos, somos capazes de nos adaptar ao novo. Ao contrário de nos acomodarmos no pensamento de que a invasão tecnológica exponencial é assunto de ficção, devemos fazer um esforço consciente para conhecer, debater e influenciar o futuro. Como disse Jeff Bezos, criador da Amazon, "o que é perigoso é não evoluir".

Voto em casa

*Não existem métodos fáceis para
resolver problemas difíceis.*
────── RENÉ DESCARTES

Os meus amigos do sexo masculino, otimistas que são, provavelmente leram o título com esperanças de que eu fosse defender algum tipo de democracia nos nossos lares, em especial nessa época de confinamento. Infelizmente, mesmo que fosse capaz de argumentar sobre esse tema, de nada valeria, as mulheres vão continuar mandando em casa.

Por outro lado, fizeram a associação correta entre voto e democracia. É por meio das escolhas do povo que devem ser eleitos os políticos que lideram as nações democráticas. O sufrágio universal, direito de cada cidadão de participar do processo eleitoral, deveria prevalecer sobre as alternativas de cunho totalitário. Historicamente, embora a corrente principal de estudiosos aponte para o surgimento do voto em V a.c. em Atenas, onde apenas 20% da população, somente homens, tinha a possibilidade de escolha, há hipótese de que a prática tenha surgido com celtas e hindus.

No Brasil, a primeira eleição aconteceu em 1532, na vila de São Vicente, para escolher o Conselho Administrativo local. Da mesma forma que ocorreu em cada democracia, com as variações esperadas, atravessamos diversas fases e vencemos inúmeros preconceitos. De certo, a Constituição de 1988, que incluiu os analfabetos no processo eleitoral, é a conquista mais significativa nesse campo, ao universalizar o direito.

Sob o ponto de vista tecnológico, em 1996, iniciou-se o procedimento eletrônico, implantado em todas as capitais e nas cidades com mais de 200 mil habitantes. Em 1998, alcançou 67% da população brasileira e, finalmente, nas eleições municipais de 2000, a urna eletrônica foi utilizada na totalidade dos municípios brasileiros.

Embora ao longo dos anos sempre tenha havido polêmica sobre fraudes, em nenhum momento existiu qualquer prova concreta de falha que tenha interferido na vontade popular. O Tribunal Superior Eleitoral (TSE) construiu uma estratégia eficaz para garantir a higidez da votação, a qual envolve não somente diversos dispositivos tecnológicos, mas processos bem estruturados, profundo conhecimento estatístico, segregação adequada de informações e uma gestão participativa de milhares de colaboradores altamente comprometidos. Conheço o assunto bastante bem, já tendo acompanhado de perto o desenrolar das ações, e tenho orgulho em dizer que nosso país é líder mundial no assunto.

Uma das evoluções recentes é a expansão do uso da biometria – estudo estatístico das características físicas dos seres vivos, que torna ainda mais segura a correta identificação do eleitor. Provavelmente, o leitor deve se lembrar que em sua mais recente participação como votante, teve de colocar o seu dedo em uma máquina capaz de reconhecer que você era você mesmo. É fundamental na manifestação de vontade haver absoluta certeza quanto à autoria.

Nos aproximamos das eleições de 2020 sob a égide de uma condição singular. Os efeitos da Covid-19 deixam dúvidas sob a possibilidade de se sustentar as datas predefinidas. Há movimentos, de diversos segmentos, propondo a postergação das eleições. Se fosse possível vislumbrar o voto em casa, certamente não estaríamos vivendo esse dilema.

Em um ambiente mais controlado, como é o caso do Congresso Nacional, para evitar aglomerações, adotou-se a votação remota. Como o número de parlamentares, comparado à população de eleitores, é ínfimo, foi possível rapidamente criar condições para garantir a segurança do voto. Esse episódio traz à tona duas reflexões distintas e extremamente poderosas.

A primeira diz respeito à possibilidade real de ocorrer uma eleição nacional com cada um de sua casa. Há de se garantir acesso a cada cidadão, a autoria da manifestação e a ausência de coação. O Brasil possui hoje 220 milhões de celulares em funcionamento, segundo o IBGE, e 306 milhões de aparelhos portáteis, incluindo smartphones, notebooks e tablets, segundo a *29º Pesquisa Anual de Administração e Uso de Tecnologia da Informação nas Empresas*, da FGV. A análise dos números permite concluir que a questão do acesso pode ser resolvida em horizonte próximo[11].

Restam as questões de autoria e coação. Ambos os pontos envolvem os riscos de fraude. Não é só garantir que você é você mesmo e votou de livre e espontânea vontade, mas que seu voto não foi interceptado no meio do caminho e adulterado.

Uma conjugação entre biometria, salas virtuais de votação e VPN, sigla em inglês para Rede Privada Virtual, parece ser a combinação adequada para endereçar os problemas.

O confinamento forçou um avanço significativo das capacidades de salas virtuais e o avanço do número de fornecedores, e consequentemente de melhorias, no segmento de VPN. Para os leigos, uma VPN, resumidamente, criptografa a informação que você mandou para a internet em pacotes de dados seguros. Se alguém, que não seja seu receptor desejado, bisbilhotar sua remessa, vai encontrar apenas um emaranhado de informações sem sentido.

Para completar, devemos chamar para o centro das eleições a estatística. Já se encontra em uso uma enormidade de modelos para evitar fraudes de diversas naturezas. Os bancos, as seguradoras, as previdências públicas e privadas gastam dezenas de milhões com isso anualmente. Quanto maior o número de votos, maior a probabilidade de o resultado final estar correto. Isso porque uma fraude de grandes proporções seria facilmente descoberta e fraudes menores não teriam o poder de modificar o todo.

Embora acredite na competência do TSE, minha opinião é que esse é um cenário ainda distante, seja pelos desafios tecnológicos seja, e talvez principalmente, pelas questões culturais.

A segunda reflexão, talvez mais importante, refere-se à possibilidade de um número menor e mais controlado de indivíduos poder votar em casa, como no caso da Câmara dos Deputados e do Senado Federal. Atualmente, temos 81 senadores e 513 deputados, que estão desfrutando da experiência de votar virtualmente assuntos de alta relevância, inclusive para o combate da pandemia.

Teoricamente, são os representantes da vontade popular. Em essência, num mundo perfeito, a votação do parlamentar deveria representar as opiniões daqueles que o elegeram. Mesmo sem considerar interesses pessoais e desvios de conduta, tal ideal é inalcançável. Isso porque apenas 594 pessoas não podem traduzir corretamente o anseio de 211 milhões de indivíduos, na grande maioria dos casos.

Uma alternativa seria ampliar de forma significativa o número de representantes. A priori isso deveria acarretar um aumento estrondoso de despesas e um incremento de confusões políticas em Brasília, coisas que certamente nenhum de nós aprovaria. No entanto, estamos pensando em um paradigma no qual o parlamentar precisa estar presente no Congresso Nacional. Ao invés disso, com o uso de tecnologia, deixaríamos o político em sua cidade natal, próximo do seu eleitor. As reuniões seriam virtuais e gravadas. As remunerações, as viagens e os assessores seriam drasticamente reduzidos. Possivelmente, com o mesmo padrão de gastos atuais, poderíamos multiplicar por dez o número de parlamentares. Adotaríamos o voto distrital[12], garantindo a proximidade de eleito e eleitor. Nesse cenário, muito provavelmente, seríamos melhor representados.

Economia real × economia digital

[Coautoria de *Dyogo Oliveira*]

> *A digitalização fica. O digital não é uma cultura, é um sistema de vida.*
> — LUIZA TRAJANO

Os tempos que estamos vivendo são realmente extraordinários. Sombrios, na verdade. Porém toda crise é também momento de transformações e oportunidades. Esta não poderia ser diferente. Nos deu uma pequena amostra do que está por vir com a aplicação das tecnologias digitais na economia e nas nossas vidas.

Enquanto empresas tradicionais se desesperam em busca de soluções para a crise e tentando encontrar o caminho da sobrevivência, empresas relativamente novas, como as que oferecem plataformas para reuniões virtuais, por exemplo, viram seu valor de mercado saltar da noite para o dia. É conhecido o caso do Zoom, cujo valor de mercado hoje é superior à soma das sete maiores companhias aéreas dos Estados Unidos. Outro caso interessante, o Facebook, tem valor de mercado superior ao da ExxonMobil, durante muitos anos a maior petroleira do mundo. Se somarmos o valor de mercado de todas as empresas listadas na Nasdaq, a bolsa que reúne as empresas da economia digital, elas representariam aproximadamente 33% do PIB dos EUA.

Mas nem sempre foi assim. Na verdade, o mundo ao longo dos tempos foi dominado pela produção de bens materiais. O aço, o carvão e o petróleo marcaram a vida econômica dos últimos 200 anos. Essas indústrias tiveram importância fundamental na formação econômica dos países. Desde a revolução industrial, esses três elementos estiveram no núcleo das disputas, que não raro levaram a guerras, inclusive às duas mundiais. Também estiveram no centro dos movimentos que conduziram à paz e ao desenvolvimento. A mais bem-sucedida história de integração internacional da humanidade, a União Europeia, nasceu do acordo da Comunidade Europeia do Carvão e do Aço. Era o mundo da matéria.

Digo isso apenas para demonstrar tamanha importância que elementos físicos tiveram na história da evolução econômica das nações. Os modelos de desenvolvimento atrelados à exploração desses elementos e de outras matérias físicas, entretanto, estão cada vez mais obsoletos. É quase impensável, nos dias de hoje, que um país adote como estratégia de crescimento apenas o domínio das tecnologias e capacidades produtivas atreladas aos bens materiais.

Evidentemente, a produção de bens ainda cumpre um papel importante na vida econômica, contudo esse papel é cada vez mais reduzido. A participação da indústria na economia brasileira, atualmente, é de 11% do PIB. Esse número já foi próximo a 30% na década de 80.

Os motivos que levam a essa perda de importância relativa são inúmeros, mas podem ser sintetizados pelo fato de as margens de ganhos nessas indústrias terem se tornado muito apertadas, em virtude da maturidade das tecnologias envolvidas e da escala de produção ótima exigir investimentos muito elevados.

Diante desse fenômeno, muitas empresas de diferentes países passaram a dominar não só a produção desses bens como a produção dos bens de capital necessários. Paralelamente, ocorreu o processo natural de consolidação, tanto pelo simples fato de que as empresas menos eficientes saíram do mercado quanto por fusões e aquisições. Mesmo indústrias mais sofisticadas, como a química e a farmacêutica, hoje se encontram em um patamar mais baixo do ponto de vista da dinâmica tecnológica. Se por um lado, cada vez mais se investe em desenvolvimento de novos produtos e tecnologias de produção, por outro, há um número cada vez menor de empresas capazes de levantar os recursos necessários para esse investimento.

O brilho, a energia, o dinamismo estão agora em outro lugar. Na economia digital. Um mundo de oportunidades a ser explorado, onde as possibilidades de crescimento são enormes e os vencedores ainda não estão definidos. Um mundo onde a todo momento podem surgir novos produtos, serviços, tecnologias e modelos de negócio.

A era da economia digital está revolucionando até os negócios tradicionais, desde a maneira como tomamos um taxi, até as realizações de operações financeiras internacionais usando *blockchain*. E estamos somente na base da curva de desenvolvimento dessas tecnologias.

O mercado financeiro, como sempre, percebe mais rapidamente os movimentos de valorização dos ativos e já tem concedido avaliações de empresas digitais que claramente demonstram uma aposta no futuro. São empresas que valem bilhões, mas que ainda estão em estágios iniciais de desenvolvimento com grandes investimentos e muitas apresentando vultosos prejuízos nos seus balanços. A Uber, por exemplo, apresentou prejuízo em 11 dos últimos 12 trimestres. Ainda assim, seu valor de mercado é estimado em US$ 82 bilhões.

No Brasil, o mercado até o momento não absorveu essa nova economia e muitas empresas têm optado por listar suas ações nos EUA, onde os investidores estão mais preparados para avaliar empresas de tecnologia. Das 95 empresas mais negociadas na B3 (formato atual da bolsa de valores de São Paulo), apenas quatro são do setor de tecnologia.

Essa realidade chama atenção para um importante aspecto em termos da evolução dos países, num ambiente marcado pela economia digital: o risco de serem reforçadas as disparidades entre as nações desenvolvidas e emergentes. Isso decorre do fato de que o avanço da economia digital depende fundamentalmente da disponibilidade de infraestrutura de telecomunicações, pessoal qualificado e um mercado financeiro capaz de prover recursos para essas empresas em seus diversos estágios.

No Brasil, claramente temos tido dificuldades nesses três elementos. No ranking internacional de qualidade de vida digital da InterNations, aparecemos apenas em 50º lugar entre 60 países. Em nações de renda mais baixa do que o nosso, na África e na América Latina, os indicadores são ainda piores.

A dificuldade de se avançar na implantação da rede 5G exemplifica nossas deficiências com as questões de infraestrutura. Sobre a oferta de pessoal, um estudo recente do Banco Mundial aponta que 50% dos jovens brasileiros estão em risco de desengajamento econômico em virtude da carência de capacitação em disciplinas correlatas à tecnologia. Temos ainda outro fator relevante: a falta de domínio de outros idiomas. Por um lado, nossos profissionais de TI são reconhecidos pelo talento, criatividade e capacidade de produção, por outro, a dificuldade com línguas estrangeiras constitui um limitador para a utilização desse pessoal em projetos internacionais.

No mercado financeiro estamos avançando lentamente, apesar de termos conseguido desenvolver uma pequena comunidade de investidores anjos e de fundos de *private equity*. Esses atores ainda têm se concentrado em empresas de mercados tradicionais e poucas *startups* brasileiras têm sido capazes de obter recursos para se desenvolver a partir do mercado de capitais.

O Brasil caminha com passos curtos e titubeantes no apoio às empresas de tecnologia. Algumas iniciativas importantes merecem destaque. Instituições como SEBRAE, BNDES, FIESP, FINEP e outras têm mantido programas de incentivos a empresas nascentes de tecnologia com algum sucesso. Essas inciativas, entretanto, precisam ser expandidas e passar a ter a escala de ações equivalentes de outros países como a França, por exemplo, que lançou o Station F, um espaço com mais de mil *startups* de 26 nacionalidades diferentes, onde gigantes como Google, Apple e Microsoft buscam empresas inovadoras que possam se tornar parceiras no desenvolvimento tecnológico.

A economia digital traz grande oportunidade para o desenvolvimento econômico e social dos países, mas, para aproveitar essas oportunidades, será necessário um esforço significativo. Mãos à obra.

Cuidado para o delivery não matar o seu vizinho!

> *Para manter uma lamparina acesa, precisamos continuar colocando óleo nela.*
> — MADRE TEREZA DE CALCUTÁ

Coloca a máscara, sai do apartamento, entra e sai do elevador, higieniza as mãos, entra no carro, sai da garagem, dirige até o supermercado, para no estacionamento, sai do carro, pega o carrinho, entra na fila para medir a temperatura, higieniza as mãos e o carrinho, faz as compras guardando o distanciamento indicado, higieniza as mãos várias vezes, compra em uma ordem correta para que os itens mais pesados fiquem embaixo no carrinho, vai para o caixa, retira as compras na ordem contrária que elas entraram no carrinho, paga a conta, higieniza as mãos, coloca as compras de volta no carrinho de forma a deixar o mais pesado por baixo depois de ter tirado o mais leve primeiro, vai até o carro, abre o porta-malas, retira as compras na ordem inversa que colocou (mas tentando colocar o mais pesado embaixo para não amassar o mais leve), entra no carro, higieniza as mãos, chega na garagem de casa, pega o carrinho do condomínio, higieniza o carrinho, coloca as compras no carrinho (o mais pesado primeiro, que estava embaixo do mais leve), entra e sai do elevador de serviços, higieniza as mãos, entra em casa, retira as compras, coloca na mesa, higieniza as compras, guarda as compras, devolve o carrinho, tira a roupa (ou devia ter feito isso antes?) e vai tomar banho! Ufa, só quem faz compras sabe o quanto é difícil em época de pandemia.

As lembranças desse momento em que vivemos podem ser de uma pequena interrupção no cotidiano, uma fase na qual nos isolamos para combater a Covid-19, seguida de uma retomada gradual da nossa vida regular. Se for assim, em breve teremos histórias interessantes para contar, experiências novas, convivências inéditas, contudo voltaremos ao que conhecemos como normal.

As apostas maiores, entretanto, são que hábitos vão mudar. Conheceremos um "novo normal". Alguns tipos de negócio vão se esgotar e outros surgirão em substituição. Tomara, por exemplo, que ocorra uma verdadeira guinada no ensino, para que modelos ultrapassados, com os quais convivem nossas crianças e adolescentes, sejam substituídos por metodologias centradas no aluno, com amplo uso de tecnologias inclusivas. Tomara que a proximidade com a família aumente e tenhamos mais equilíbrio em nossas vidas. Tomara que o trânsito das grandes cidades seja reduzido, com mais gente trabalhando em casa.

Fator determinante do futuro, nosso comportamento na crise pode nos levar por diversos caminhos. Com o confinamento, ampliamos o uso do *e-commerce*, que era estranho para muitos, mas tem se tornado cada vez mais natural. Para se ter uma ideia, segundo a Associação Brasileira de Comércio Eletrônico, após o início da pandemia houve uma adesão de 4 milhões de novos clientes no Brasil.

Na condição de consumidores, buscamos o melhor custo-benefício do produto a ser adquirido. Isso envolve preço, qualidade, comodidade, tempo de entrega, entre outros fatores. Porém é preciso entrar uma variável adicional nessa equação.

Segundo a Neoway, maior empresa da América Latina de Big Data para negócios, o Brasil conta com 6 milhões de estabelecimentos de varejo, desses, mais de 5,7 milhões são pequenas e micro empresas. Seus vizinhos! Eles são responsáveis por 58% do emprego formal do segmento. São a verdadeira mola propulsora da nossa economia.

Com a migração para as plataformas digitais, as empresas mais bem estruturadas, com maior capacidade de investimento, saem na frente. Se você começou a comprar comida pela internet, com aplicativos como Uber Eats, iFood ou Rappi, certamente verá com prioridade os estabelecimentos com maior volume de entregas. A princípio, parece ótimo, pois você passa a ter acesso a um universo que até então era desconhecido, provando restaurantes novos e bem conceituados.

Inicia também a compra de outros itens, afinal parte do comércio, de acordo com a cidade onde você vive, está fisicamente fechado. Descobre que pode, inclusive, comprar alguns produtos de sites internacionais. Um verdadeiro "negócio da China".

O crescimento desse tipo de comportamento já vinha acontecendo há algum tempo, mas as condições atuais são propícias para uma aceleração. Já mencionei, em outras ocasiões, que as empresas de logística vão se utilizar de maneira cada vez mais intensa de drones de entrega. Em resumo, você terá potencial de compra ampliado, com ofertas do mundo inteiro, alta variedade, velocidade e qualidade.

Perfeito, não é?

Se você pensar exclusivamente no curto prazo sim. No entanto, as consequências podem ser gravíssimas. Se os negócios do seu bairro, seus vizinhos, falirem, teremos um impacto brutal no emprego e na renda. Os espaços comerciais ficarão abandonados, gerando questões de segurança com as quais você não vai querer lidar, mas será obrigado.

Se a prioridade número um do momento é cuidar da saúde, a número dois com certeza é cuidar da economia. Pode ser que não esteja a seu alcance interferir nas políticas de governo, ou tomar as decisões pelos grandes bancos – que deveriam se comportar de forma muito mais solidária –, todavia você pode exercer um papel fundamental ao comprar do seu vizinho, mesmo que seja on-line!

Decisões racionais

Tenha coragem de seguir o que seu coração e sua intuição dizem. Eles já sabem o que você realmente deseja.
────── STEVE JOBS

Estava no final do primeiro semestre do mestrado de Pesquisa Operacional na Universidade de Brasília (UnB) – curso que na maioria das vezes pertence ao Departamento de Matemática, mas no caso estava sendo ministrado pelo Departamento de Estatística –, quando um colega e eu fomos abordados por alunos do mestrado de economia. Eles estavam sofrendo em razão da quantidade imensa de cálculos que tinham de enfrentar e disseram ser muito comum alunos de exatas, como nós, atuarem com econometria. Confesso ter sentido uma certa tentação em migrar de curso, mas era um sonho distante.

A propósito, não consegui terminar meu mestrado. Já no segundo semestre, estava trabalhando em três períodos e fazendo apenas uma disciplina, Pesquisa Operacional II, justamente com o professor que era meu orientador, figura inteligente, gentil e dedicada. Além de mim, havia apenas mais um aluno em sala, meu companheiro Marquinhos, pessoa bem humorada, divertida e sempre com um caso novo para contar. Para resumir uma história longa, certo dia o sujeito faltou, fui assistir à aula sozinho e dormi! Apesar do constrangimento, meu professor manteve a linha, mas eu tinha chegado ao limite. Concluí a disciplina, expliquei as razões a ele e fui me dedicar exclusivamente à minha vida profissional.

Antes de sair, no entanto, tive tempo de estudar, em aprofundamento ao feito na graduação, sobre distribuições estatísticas, dentre elas, sobre curvas normais. É impressionante a frequência com que essas últimas se aplicam em nossa vida prática, como no caso da evolução de contaminações durante a pandemia da Covid-19.

Por coincidência, também se aplicam ao ciclo de adoção de novas tecnologias (ou produtos) para práticas agrícolas, cuja primeira versão apareceu em 1957, em um trabalho assinado pelos pesquisadores Beal e Bohlen. Em 1962, foi aperfeiçoada por Everett Rogers, normalmente citado como autor da teoria.

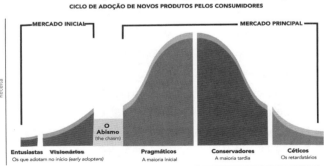

Posteriormente, Geoffrey Moore escreveu detidamente sobre o "abismo", momento no qual há o risco de ser interrompida a disseminação de algumas tecnologias. Quem não consegue atingir os pragmáticos ou a maioria inicial (vide figura), que constituem 34% do total, fracassa. A partir da maioria tardia, ou conservadores, prevalecem perfis mais avessos ao risco. Aqueles que preferem ter mais certeza de que um produto ou tecnologia já está consolidado.

Em 2008, Kurt Matzler, Sonja Grabner-Kräuter e Sonja Bidmon escreveram sobre a relação entre evitar correr risco e a fidelidade. Em síntese, quando a imagem de uma marca é positiva, quem possui aversão ao risco tende a ser mais leal a essa marca do que aqueles mais propensos ao risco.

É possível depreender, portanto, que os que aderem a uma tecnologia mais tardiamente, justamente porque são mais resistentes a mudanças, são exatamente os mais fiéis. A tecnologia depende para sua popularização daqueles mais ousados e para sua fixação dos mais conservadores. Isso em tempos normais.

Com a pandemia, fomos forçados a assumir novos produtos, tecnologias, metodologias e comportamentos. Não estamos fazendo reuniões virtuais ou compras on-line por uma opção natural. Fomos arremessados em uma nova realidade, não porque somos de vanguarda, mas por imposição da vida. A curva normal de Rogers, me perdoem pelo trocadilho, passou a ser absolutamente anormal, com a chegada abrupta de uma imensidão de usuários/clientes nos estágios que seriam os iniciais.

Decorre daí algumas questões relevantes: Com a volta gradativa da possibilidade de circulação, que varia de cidade a cidade, respeitando as particularidades locais, como serão os padrões de comportamento de regresso para o *modus operandi* anterior? Qual o percentual de fidelidade ao novo? Devo comprar ações das empresas aéreas, muito desvalorizadas agora, ou ações das empresas de reuniões on-line e e-commerce, atualmente muito valorizadas?

Relembrando o episódio ocorrido no meu mestrado, poderia imaginar que a economia é regida majoritariamente por decisões racionais, características das ciências exatas. Ou seja, como nos movemos para o momento atual por uma força externa, impositiva, manteríamos fidelidade aos modelos adotados simplesmente baseados nas nossas concepções anteriores de risco *versus* benefícios. Os mais conservadores voltariam ao "velho normal" e os mais inovadores assumiriam o "novo normal". O "novo normal" precisaria então superar o "abismo" ou estaria fadado ao insucesso.

Para mim foi uma surpresa descobrir o psicólogo Daniel Kahneman, afinal nunca havia imaginado que alguém com essa formação pudesse ser agraciado com o prêmio Nobel de Economia. Ao formular a Teoria dos Prospectos, juntamente com Amos Tversky, o autor demonstrou que as tomadas de decisão são influenciadas por fatores psicológicos e que ganhos e perdas possuem relevâncias diferentes. Imagine o seguinte exemplo, extraído do livro *Rápido e devagar: duas formas de pensar*, de Kahneman:

Problema 1:
O que você prefere?
Conseguir novecentos dólares com certeza OU 90% de chances de conseguir mil dólares.

Problema 2:
O que você prefere?
Perder novecentos dólares com certeza OU
90% de chances de perder mil dólares.

Provavelmente você foi avesso ao risco no problema 1 e escolheu novecentos reais de forma garantida, mas no problema 2 preferiu arriscar. Embora as opções sejam matematicamente equivalentes, a sensação de perder algo de forma certa é muito intensa. A motivação para manter o conquistado, na maioria das pessoas, é muito maior do que a motivação para ganhar algo novo. Assim, é mais comum tomar um grande risco para evitar a perda, do que se arriscar para aumentar os ganhos. O ponto de referência, principalmente se você já possui ou não algo, conta muito mais do que os economistas imaginavam antes da Teoria dos Prospectos.

O cotidiano vindouro se estabelecerá não por uma questão racional e lógica de custo-benefício, mas pela referência gerada a partir dos ganhos obtidos, ainda que involuntariamente, em função da transformação vivida. Você conquistou ficar mais tempo em casa, conviver mais com sua família, sair do estresse do trânsito e de algumas aglomerações e compromissos indesejados. É claro que vai querer voltar a ir ao cinema, ao teatro e aos shows, encontrar e abraçar os parentes e os amigos, jogar conversa fora na mesa de um bar e comemorar seu aniversário com uma festa. Mas desperdiçar o que conquistou, você não vai se permitir. Bem-vindo ao "novo normal"!

Turismo ao lado de casa

*Você tem muitos anos pela frente
para criar sonhos que sequer
podemos imaginar sonhar.*
―― STEVEN SPIELBERG

No decorrer da minha vida escolar, aprendi alguns termos que se fixaram em minha memória. Provavelmente isso ocorreu porque eu havia percebido, já naquele momento, que quem possui mais conhecimento tem maiores possibilidades de se diferenciar. Lembro-me bem, por exemplo, de "migração pendular". Essa expressão representa o movimento diário feito por milhões de pessoas, ao redor do mundo, de suas residências para outras regiões, com o objetivo de trabalhar ou estudar, no começo da manhã e o seu regresso ao final do dia. A imagem do pêndulo, para mim, sempre saltou aos olhos.

A ampliação das compras, do trabalho e do estudo remotos, ocorrida de maneira rápida e forçada em decorrência da pandemia, tem potencial de diminuir esse fluxo permanentemente. O reordenamento urbano, que já vinha sendo discutido em função dos conceitos em torno do tema Cidades Inteligentes, irá se acelerar com o possível esvaziamento dos centros comerciais.

No setor de Tecnologia de Informação, várias empresas já decidiram reduzir os espaços físicos apenas para salas de reunião e algumas salas de trabalho compartilhadas. Quero crer que escritórios de advocacia, contabilidade, consultorias e outros serviços correlatos já devem estar seguindo o mesmo procedimento.

Simultaneamente, houve uma diminuição drástica das viagens, especialmente daquelas destinadas ao turismo. Isso tem gerado impactos econômicos tão fortes a ponto do fundador da empresa Airbnb, Brian Chesky, declarar recentemente, em entrevista para a rede americana CNBC, que "perdeu quase tudo nas últimas semanas".

Uma conexão desses dois efeitos pode levar ao remanejamento dos centros urbanos. Buscando referências na ficção científica, em *Star Trek* há um ambiente de simulação chamado Holodeck, que consiste em uma sala onde é possível imergir em diferentes ambientes de realidade virtual. Os personagens da série, viajantes espaciais que passam a maior parte do tempo distantes do seu planeta natal, utilizam o dispositivo para reviver os mais belos encantos do seu mundo, efetuar treinamentos físicos e de luta e, até mesmo, ingressar em histórias dos livros preferidos. O Holodeck reproduz com perfeição lugares, pessoas e, inclusive, sensações.

Para aqueles que pensam ser essa uma tecnologia ainda distante, compartilho a experiência que tive em Orlando, na Flórida, no final do ano passado. O primeiro grande sucesso da tecnologia 3D no cinema foi o filme *Avatar*, lançado em 2009 e que até hoje ocupa o posto de segunda maior bilheteria de todos os tempos, com quase US$ 3 bi. Para os curiosos, o número 1 da lista é *Avengers: Endgame*.

Pois bem, no parque Animal Kingdom, da Disney, fui com a família ao brinquedo *Flight of Passage*, que simula o voo em uma criatura do filme *Avatar*, chamada Banshee. A impressão que tivemos foi de estar realmente voando pelas paisagens do filme. A sensação era completa: movimento, vento, respingos de água e até os cheiros característicos de cada panorama.

Como ocorre em qualquer digitalização de serviços, os custos das tecnologias envolvidas tendem a diminuir ao longo do tempo, permitindo acesso a um volume cada vez maior de usuários. Com a realidade virtual ocorrerá exatamente o mesmo, mas de forma ainda mais rápida pelos impactos da pandemia e a necessidade de os negócios se reinventarem.

Em breve, espero poder visitar Paris, a Toscana, o Delta do Amazonas, Lisboa, a Muralha da China, as Cataratas do Iguaçu, as praias do Caribe, a aurora boreal, fazer um safari na África do Sul, depois sair da sala de realidade virtual e encontrar com você, na fila da pipoca, no centro da cidade, onde era aquele complexo de escritórios comerciais que já não mais existem.

O exercício dos pequenos poderes

Os erros mais graves não são aqueles cometidos como resultado de respostas incorretas. O verdadeiro perigo é fazer as perguntas erradas.
——— PETER DRUCKER

Depois de uma passagem de 3 anos pelo serviço público, de onde pedi exoneração apesar de ser concursado, e de uma primeira tentativa de empreender, ingressei em uma grande empresa de tecnologia de Brasília que, tempos depois, chegou a faturar R$ 1 bilhão por ano.

Minha admissão foi para a área comercial, mas, com o rápido crescimento do negócio, em pouco mais de seis meses, fui promovido para gerenciar os contratos de terceirização. De uma hora para outra, assumi minha primeira posição de liderança, sendo responsável por 400 pessoas que, ao longo da minha jornada na função, tornaram-se mais de 4 mil.

Mesmo com meu jeito despojado, comecei a receber tratamento diferenciado. Por um lado, eu me sentia absolutamente comprometido com o resultado da empresa, sabendo que cuidar dos colaboradores era vital para o sucesso. Foco na estratégia e foco no ser humano. Esse cuidar relacionava-se, no meu pensamento, com o estabelecimento de políticas adequadas, com um padrão de tratamento digno, justo e igualitário, que oportunizasse um ambiente saudável, bom clima organizacional e possibilidades de crescimento tanto no plano pessoal, quanto no profissional. Evidentemente, sempre estive atento para casos particulares, quando situações especiais, de emergência, surgiam.

Por outro lado, era sempre puxado para questões operacionais. Pequenos eventos do dia a dia. Episódios que deviam se resolver naturalmente. Aplicações óbvias das rotinas estabelecidas. Foi quando descobri o quão era presente o que nominei de "exercício dos pequenos poderes". A prática extrapolava a organização na qual eu trabalhava. Analisei outras tantas, públicas e privadas, e, para minha infeliz surpresa, talvez por ingenuidade, percebi ser corriqueira a ocorrência.

Para meu descontentamento, concluí que o tratamento diferenciado recebido se devia, em sua maior parte, ao fato de meu cargo permitir o exercício de tais poderes. Tinha a ilusão de minha dedicação aos princípios de liderança, meu compromisso com a estratégia e com as políticas ser o que importava. É bem verdade que, com o passar do tempo, seja na própria empresa citada, seja na Memora Processos Inovadores SA, da qual sou um dos fundadores, esses aspectos prevaleceram em detrimento daqueles derivados do exercício dos pequenos poderes.

Em síntese, exercer pequenos poderes significa atribuir relevância e criar um ambiente decisório em aspectos menores, pouco ou nada relacionados ao que realmente deveria importar. Decidir sobre pedidos de férias em períodos equivalentes, rigidez no expediente para pessoas que não precisam ter horário de trabalho, quem pode ou não se utilizar dos recursos triviais da organização, liberação de acesso a documentos, relatórios e informações que já são de circulação pública, enfim, mecanismos de controle das pequenezas. Faz-me lembrar da figura do bedel, dos tempos de escola.

Em razão desses detalhes afetarem a vida cotidiana de quem trabalha, aqueles que detém decisão sobre essas questões ganha poder. O termo "criar dificuldade para vender facilidade" se aplica perfeitamente, sendo que a recompensa, nesse caso, é um empoderamento indevido. Ocorre que essas miudezas apenas atrapalham o desempenho organizacional e, pior, fazem os colaboradores se submeterem a um tratamento infantil.

A resposta para esse problema é o estabelecimento claro de um propósito corporativo. Sem entrar no debate teórico entre visão, missão e propósito, o mais importante é que a equipe saiba para que e por que a empresa existe e qual a motivação para se movimentar. Essa inspiração deve ser compartilhada e parte indissociável da vida organizacional.

Ainda há grande confusão, algum desconhecimento e até um certo preconceito sobre a importância do lucro e sua relação com o propósito. O lucro é indispensável para qualquer estabelecimento comercial, porém não deve ser, jamais, o objetivo primordial. Pense comigo: você precisa de ar; se você não respirar, você morre. Entretanto, duvido que você desperte pela manhã e pense: "Hoje acordei entusiasmado para respirar!". Respirar, assim como lucrar, é essencial, mas apenas um propósito nobre faz você viver com energia.

O papel da tecnologia é central na assunção do desígnio institucional, uma vez que os colaboradores estão cada vez mais digitais, principalmente os mais jovens. Dois aspectos merecem destaque. O primeiro, o do engajamento. Redes sociais, plataformas de mensageria – como WhatsApp, Telegram, Rocket.Chat e imMail (as duas últimas brasileiras) – e uso de gamificação são poderosos instrumentos para disseminar a cultura, compartilhar experiências, criar convergências. Divulgar as boas práticas, ações sociais, valores e ambiência organizacional provoca no colaborador um senso de pertencimento e orgulho.

O segundo aspecto diz respeito aos processos corporativos. É evidente que, antes do uso da tecnologia, é necessário empoderar as pessoas. Trate cada indivíduo como um adulto responsável e comprometido, especialmente quanto ao resultado final. Férias? Utilize um *chatbot*. Ressarcimento de despesas? Use o aplicativo que tira foto das notas fiscais e encaminhe digitalmente. Passagem, hospedagem, deslocamentos? Faça você mesmo, as plataformas digitais estão disponíveis, dentro do orçamento que você possui. Otimize e automatize seus procedimentos.

Como respirar, o cotidiano empresarial deve ser simples, automático e eficiente. O foco do colaborador deve estar no propósito e na estratégia definida para atingi-lo. Em nenhum momento da história as organizações comerciais desempenharam um papel tão significativo na sociedade e, particularmente, nas bilhões de pessoas associadas a elas. A maioria, inclusive, passa boa parte das suas horas dedicadas a essas instituições. Assim, o funcionamento corporativo define, em parte, a qualidade de vida do indivíduo. Por isso, não deveria mais haver espaços para os protagonistas de regras irrelevantes, que favorecem, exclusivamente, aos próprios interesses.

A digitalização abrupta ocorrida em virtude da Covid-19 criou um ambiente repleto de oportunidades para mais mudanças; use isso a seu favor e em prol da sua organização. Seja proativo no repensar daquilo que realmente importa. E que as pequenezas fiquem para os pequenos.

Versão

Uma maneira confiável de fazer as pessoas acreditarem em falsidades é a repetição frequente, porque familiaridade não é facilmente distinguida da verdade. Instituições autoritárias e profissionais de marketing sempre souberam desse fato.
—— DANIEL KAHNEMAN

No seu computador ou no seu celular, você já deve ter recebido mensagens para atualizar a versão de alguma coisa. Pode ter sido do sistema operacional, ou de software específico, como um antivírus ou um editor de texto. O termo se aplica, também, para o próprio dispositivo utilizado por você. Os mais entusiastas pela tecnologia vivem pesquisando se há uma nova versão do seu aparelho celular já disponível, com as novidades que nenhum concorrente possui.

A definição do termo "versão", no universo da Tecnologia da Informação, foi incorporada ao dia a dia das pessoas, na velocidade que a própria tecnologia invade nosso cotidiano. Na acepção mais comum, o vocábulo possui alguns conflitos quanto à etimologia. Para alguns, deriva do francês *"version"* no sentido de "tradução"; para outros, do latim *"versio"* com a conotação de "transformação", por fim, ainda há os que defendem a origem em *"vertere"*, também do latim, de "girar".

Seja qual for a corrente certa sobre o berço da palavra, o significado geral se afasta daquele utilizado no mundo da tecnologia. É que, nesse último, há uma relação com "evolução". Uma versão nova de um software ou de um dispositivo, em geral, traz aprimoramentos em relação à versão anterior, que podem ser correções de erros, aumento de performance, melhorias na usabilidade e na experiência do cliente. Existe ainda a possibilidade da redução propositada de funcionalidades para baixar o preço final do produto, ainda assim uma evolução no sentido de melhorar o custo-benefício.

Evidentemente, neste momento, o leitor pode estar se lembrando de algumas versões específicas (Windows, alguns celulares, Facebook) que somente pioraram nossas vidas. São exceções. Eu, por exemplo, ao me deparar com alguma interface inadequada, funcionalidade ruim ou falha de sistema, tenho tendência de pensar que a próxima versão vai resolver o problema.

Esse conceito evolutivo do termo "versão" tem sido utilizado também para caracterizar aprimoramentos pessoais. Recentemente, escutei o lema de uma empresa afirmando que seus colaboradores estão em busca constante pelas melhores versões de si próprios. Nesse mesmo sentido, há uma definição da palavra "inferno" a qual remete a reflexões interessantes. "Inferno é o momento em que você se encontra com o melhor que você poderia ter sido". Ou seja, se fosse possível, por hipótese, encontrar com a melhor versão de si próprio. Infelizmente, por desconhecimento, não poderei dar os créditos ao autor.

A provocação, pelo menos para mim, é de causar impacto. Como seria o meu melhor "eu"? Quanto bem esse "eu" poderia fazer à sociedade? Como seria o mundo se muitos se desenvolvessem a esse ponto? Observe que o foco é naquelas características possíveis de serem aprimoradas. Nada de querer 10 centímetros a mais, ou outra cor de olhos ou cabelos.

Voltando ao significado geral – tradução, transformação ou giro – nos defrontamos com as ambiguidades do mundo moderno e o difícil tratamento das interpretações da realidade, principalmente ao se considerar o poder extraordinário de propagação que qualquer informação possui após o advento das redes sociais e dos aplicativos de mensageria.

O provérbio "uma mentira repetida mil vezes torna-se verdade", cuja autoria é atribuída ao ministro da propaganda de Hitler, Joseph Goebbels (o que deve ser uma mentira, mas já foi dito mais de mil vezes!), ganha uma nova dimensão na atualidade, porque as notícias falsas se espalham exponencialmente.

O tema é complexo, mesmo quando não envolve mentira deliberada. Em plena crise da Covid-19, vejam o caso da Hidroxicloroquina: há especialistas apontando para direções opostas, médicos que receitam e médicos que vetam. Instituições com opiniões conflitantes e, o pior, uso político do tema. Versões da realidade exploradas por atores influentes, coadjuvantes ativos e plateia totalmente confusa.

Justo nesse cenário, surge um clamor da sociedade para que o Estado, no sentido mais amplo da palavra, utilize da sua força para cercear e punir os excessos. No último dia 30 de junho, foi aprovado no Senado o Projeto de Lei nº 2.630/20, que trata o tema das *fake news*, cuja transformação em lei depende agora de aprovação na Câmara dos Deputados.

Ocorre que a opinião geral das entidades representativas da sociedade organizada, que coincide com a minha própria, é de ter sido rápido demais o trâmite no Senado para permitir um debate adequado do tema. Com isso, questões importantíssimas, como as de privacidade e cerceamento da liberdade de expressão, estão ameaçadas. Há potenciais conflitos com o Marco Civil da Internet, bem como possíveis interferências, inclusive punitivas, nas empresas que transmitem as mensagens. Além, é claro, das consequências eleitorais que, aparentemente, são motivadoras de tanta velocidade.

Pela relevância do tema, há um clamor geral para que a Câmara dos Deputados, ao contrário do Senado, deixe o açodamento de lado e dedique o tempo de amadurecimento que é requerido para situações dessa complexidade.

Enquanto isso, o melhor que podemos fazer é monitorar o nosso próprio comportamento e daquelas pessoas mais próximas. Juntando os conceitos de "versão", do mundo da tecnologia e do uso cotidiano, antes de replicar uma mensagem pergunte a si próprio: minha melhor versão teria coragem de propagar essa versão dos fatos?

O fim da irrelevância

> *O conhecimento é uma ferramenta e, como todas as ferramentas, seu impacto está nas mãos do usuário.*
> —— DAN BROWN

Em 1949, George Orwell lançou o livro *1984*, retratando um futuro distópico, onde a sociedade era controlada, de forma totalitária, por um partido político. Cada indivíduo era monitorado constantemente por um dispositivo capaz de identificar crimes contra o regime. Foi quando surgiu o termo e o conceito de "Big Brother", o qual deu origem a diversos filmes, séries e reality shows. Talvez tenha sido a primeira vez em que a invasão de privacidade foi abordada de maneira generalizada pelo uso da tecnologia.

O tema ganhou destaque, de modo bastante interessante, no filme *O Círculo*, cujo roteiro é baseado no livro homônimo de Dave Eggers. Enquanto no caso de Orwell há uma rejeição absoluta pela vigilância, posto que o favorecido é um regime totalitário, no caso do filme o debate ganha novos contornos. Em síntese, a personagem interpretada por Emma Watson (para quem gosta, como eu, a mesma atriz de Hermione dos filmes de *Harry Potter*) vai trabalhar em uma empresa que está desenvolvendo tecnologias para monitorar os indivíduos em tempo integral. Começa então um dilema entre privacidade, por um lado, e melhoria do comportamento social, por outro.

A tese é a seguinte: quando somos vigiados, nos comportamos melhor, portanto, a perda individual da privacidade é compensada pelos benefícios sociais de uma vida mais pautada nos padrões coletivos estabelecidos. Supostamente, considerando que o filme transcorre em um ambiente de democracia, os benefícios seriam compartilhados por todos, pois as definições culturais, sociais e legais favoreceriam a sociedade e não um grupo específico. A verdade é que, no filme, quem pretendia gozar dos privilégios era um dos fundadores da empresa, representado por Tom Hanks.

Nas minhas reflexões, acreditava que o ataque à vida pessoal seria crescente contra aqueles com qualquer tipo de destaque. Celebridades, políticos, atletas de renome mundial, grandes empresários, líderes setoriais seriam sempre os alvos preferidos das invasões indevidas às suas questões particulares. Os demais, indivíduos comuns, teriam um pouco mais de trégua, justamente pela irrelevância, sob o ponto de vista econômico, político ou do interesse do público geral. Suas vidas interessariam apenas aos próprios e aos mais próximos. Ledo engano da minha parte.

O avanço das tecnologias que processam grandes volumes de dados (Big Data) decretou o fim da irrelevância. Estamos todos sujeitos à intromissão alheia. Se você acabou de se aposentar, pode ser que tenha recebido a ligação de um banco oferecendo empréstimo. Se você participou das últimas eleições, pode ser que tenha sido influenciado por mensagens dirigidas ao público do seu perfil com grande margem de acerto. Se você fez uma pesquisa na internet sobre tênis, pode ser que você tenha recebido mais e mais informações sobre produtos similares quando entrou em um site de notícia. Coincidência? Não, você está sendo, em alguma medida, lido, interpretado e invadido por operadores de plataformas tecnológicas.

Crianças, adolescentes e jovens adultos, hiperconectados, possuem um nível de exposição ainda maior. Muitos inclusive, tomam pouco cuidado em relação aos próprios *posts* em redes sociais, facilitando a ação daqueles interessados em seus dados. A situação é tão grave que recentemente um meme na internet fez grande sucesso por sua jocosidade, mas preocupa pelo fundo de verdade:

> Minha esposa me perguntou por que eu estava falando tão baixo, então respondi que tinha medo do Zuckerberg ouvir minha conversa. Ela riu, eu ri, Siri riu, Alexa riu, Google Home riu. No dia seguinte, recebi uma grande quantidade de ofertas de segurança digital.

Evidentemente, as dimensões do assunto estão se ampliando a ponto de transcender os inconvenientes pessoais para alcançar disputas entre países. No dia 14 de julho, o Reino Unido proibiu que a chinesa Huawei fornecesse tecnologia 5G para operadoras de telecomunicações do país. Dois dias depois, a União Europeia derrubou regras que permitiam a empresas de tecnologia americanas, como Google e Facebook, processar e armazenar livremente dados fora da UE, usando servidores nos Estados

Unidos. Quase simultaneamente, o governo americano tem questionado o Tik Tok para zelar pela privacidade dos dados dos cidadãos americanos que se utilizam dessa rede social, sem contar os ataques ianques constantes a outras empresas chinesas, como a própria Huawei.

Na era digital o poder do conhecimento sempre foi reconhecido, ocorre que agora cada pedacinho de informação é valioso, não apenas isoladamente, mas quando processado e correlacionado a milhares de dados. Mesmo com a regulamentação sobre o assunto que avança no mundo inteiro – no Brasil na figura da Lei Geral de Proteção de Dados (LGPD) – e com a ampliação de cuidados pessoais quanto à privacidade, não há como desviar o futuro do inevitável. Nossas vidas estarão continuamente mais expostas. O Big Brother, ainda que não representado por uma única entidade ou governo, estará cada vez mais presente em nosso cotidiano. Mais uma faceta do "novo normal", dessa vez não por causa da covid, mas acelerado pela transformação digital que vivemos.

Sua hora é agora

> *Os eventos dolorosos deste ano nos lembraram da importância da conexão humana e a necessidade de continuar a fortalecer os direitos humanos em todo o mundo.*
> —— SUSAN WOJCICKI

Netscape, Excite, Cadê?, Intershop, ICQ, Kodak, Blockbuster. Você se lembra dessas marcas? Talvez, caso você tenha nascido no século XXI, sequer tenha ouvido falar desses dinossauros, embora nem todos estejam extintos.

O Netscape Navigator foi o primeiro *browser* popular na web, criado a partir do primeiro navegador gráfico, o Mosaic. Marc Andreesen, que era líder do projeto do Mosaic, demitiu-se e criou a Netscape Communications Corporation em outubro de 1994, num tempo que nem Bill Gates acreditava muito nesse nicho de mercado. No ano seguinte, a Microsoft se reposicionou ao adquirir o Internet Explorer da Splyglass Inc. A guerra comercial entre as empresas levou à falência a Netscape, que no processo abriu seu código e deu origem ao Mozilla, enquanto popularizava cada vez mais o uso da web.

O Excite foi primeiro motor de busca da web. Difícil imaginar como era navegar antes disso. Ou você tinha o link direto para a página desejada ou nada feito. Em 1994 surgiu o Yahoo, considerado o primeiro ápice dessa tecnologia. O Brasil entrou no cenário em 1995 com o Cadê?, que atualmente pertence ao Yahoo Brasil. Em 1996 tudo mudou com a Google; as buscas por meio de palavras combinadas começaram a funcionar melhor, os sites encontrados não eram apenas aqueles dos anunciantes – os quais, inclusive, tiveram de se adaptar a novos modelos de negócios.

Antes do lançamento da Amazon, registros na internet apontam para a alemã Intershop como a primeira empresa a explorar o comércio virtual. ICQ (*I seek you*) foi lançado muito antes da diversidade de aplicativos de mensageria, como WhatsApp e Telegram; a Kodak foi a primeira empresa a tratar adequadamente as fotos digitais; a Blockbuster foi, no final do século passado, a maior empresa de locação de filmes do mundo. Em particular, nesse ramo, quase nem mais se encontram empresas que façam locação física de mídias. Muito melhor uma assinatura na Netflix, na Prime Vídeo ou Disney Plus.

Em resumo, as marcas mencionadas no início deste texto, em algum momento do tempo, foram precursoras de sua área, a maioria com destaque mundial; no entanto, foram superadas por outras marcas que se consolidaram e se tornaram muito mais poderosas, por vezes, destruindo as concorrentes originais.

Tal fenômeno foi analisado e é debatido ricamente no excelente livro *Originais*, de Adam Grant, o qual recomendo com ênfase. Curiosamente, o capítulo que trata o tema se inicia com uma reflexão sobre a correlação entre procrastinação e originalidade. Segundo o autor, com base em pesquisas acadêmicas, o ato da criação pode ser incrementado pelo retardamento deliberado da ação. Para exemplificar a tese, ele cita o caso de discursos famosos, como o de Martin Luther King Jr., e faz menção a uma frase do ex-presidente Woodrow Wilson: "Se eu for falar por dez minutos, eu preciso de uma semana de preparação; se quinze minutos, três dias; se meia hora, dois dias; se uma hora, estou pronto agora."

Para mim, fazer o que tem de ser feito o quanto antes gera muitos resultados, motivo pelo qual esse pensamento que valoriza a procrastinação me é desafiador. No entanto, quando se fala de empresas e modelos de negócios, os números apontam ser melhor chegar depois. Ainda no livro, são apresentados resultados de pesquisas muito interessantes. A primeira efetuada por Bill Gross, fundador da Idealab, que, ao analisar o lançamento de 100 empresas, detectou como fator mais relevante de sucesso o *"timming"* e não a originalidade da ideia ou o modelo de negócios. Para completar, cita os estudos feitos por Peter Golder e Gerard Tellis, que compararam o desempenho de centenas de empresas ou produtos pioneiros *versus* aqueles que entraram mais tarde no mercado, chamados colonizadores, em 36 diferentes segmentos. Os resultados são espantosos: a taxa de fracasso dos primeiros chega a 47% contra apenas 8% dos "retardatários". Mesmo quando bem-sucedido, o espírito desbravador tem desempenho pior. Conquistam em média apenas 10% do mercado contra 28% daqueles que surgem depois. Ao que tudo indica, esperar os pioneiros pode ser uma estratégia vencedora.

A pandemia do coronavírus nos afetou de forma significativa. No aspecto pessoal, impossível não lamentar a grande quantidade de mortes, inclusive de pessoas próximas. Amigos e parentes de amigos se foram, muitas vezes, de forma prematura. Em contrapartida, há uma modificação positiva em termos de solidariedade, de empatia, de relações humanas em geral e, em particular, das familiares. Alguns gigantes, como o amigo Henrique Andrade e a maestrina Rejane Pacheco, redobraram seus esforços em atender ao próximo nos projetos que lideram, respectivamente, **Instituto Doando Vida por Rafa e Clara** e **Instituto Reciclando Sons**, com os quais contribuímos de forma muito singela. Caso você não tenha familiaridade com esses projetos belíssimos, minha sugestão é que utilize alguns minutos do seu tempo para conhecer e se emocionar.

No âmbito dos negócios, apesar da economia apontar para desafiadores 5% a 7% de depressão no Brasil, temos várias oportunidades surgindo. Desde os pequenos empreendimentos, como o caso das pessoas que começaram a produzir máscaras – lenços de colocar no rosto, para quem conhece o ditado –, até grandes corporações, a exemplo da Zoom e outras tantas da economia digital que conseguiram surfar nesse momento de ampliação de consumo virtual.

Se você ainda não decolou, a sua hora é agora. Olhe para os pioneiros e faça melhor. Suas chances de sucesso são grandes, acredite!

Na balança, bloqueio e liberdade

A palavra aborrece tanto os governos arbitrários, porque a palavra é o instrumento irresistível da conquista da liberdade. Deixai-a livre, onde quer que seja, e o despotismo está morto.
——— RUI BARBOSA

As decisões do Supremo Tribunal Federal (STF) têm se tornado parte do nosso dia a dia. O direito, enquanto disciplina, possui uma beleza especial e sua disseminação tem enorme potencial benéfico para a sociedade, motivo pelo qual a popularização dos tribunais e de suas decisões é extremamente bem-vinda.

No entanto, há de se preservar a separação dos poderes, de forma que um, em especial o judiciário, não invada os outros. O excesso de judicialização e o protagonismo do STF são preocupantes. Um amigo, tempos atrás, em tom de anedota, mencionou que, quando o brasileiro sabe de cor o nome dos 11 ministros do Supremo, mas não sabe a escalação da seleção brasileira de futebol, há algo de muito errado acontecendo.

Recentemente a polêmica dos bloqueios a aplicativos voltou a movimentar a corte máxima. Em uma decisão monocrática, o ilustre ministro Alexandre de Moraes decidiu retirar contas do Facebook e do Twitter supostamente relacionadas à geração de notícias falsas. O fato causou polêmica angariando defensores – que concordam sobre a necessidade de se interromper *"os discursos com conteúdo de ódio, subversão da ordem e incentivo à quebra da normalidade institucional e democrática"* – e divergentes – que apontam para quebra da liberdade de expressão.

O uso da tecnologia, enquanto veículo de comunicação, amplia a complexidade desses debates, em particular quando aplicativos de mensageria e redes sociais atingem milhões de pessoas de forma simultânea. Quando estive na presidência da Federação Assespro, enfrentamos um viés do tema no STF, onde ingressamos em um processo, na condição de *amicus curiae*, para divergir dos bloqueios efetuados a aplicativos por tribunais de primeira instância. Em particular, o WhatsApp havia sido bloqueado, por mais de uma vez, sob a alegação de não contribuir com a justiça na apuração de processos judiciais. Fomos assessorados pelo brilhante ex-ministro Ayres Britto e conseguimos uma vitória liminar que produziu efeitos positivos. Desde então, nenhum bloqueio da mesma natureza ocorreu.

Interessante abordagem para o tema seria imaginar uma situação sem os aplicativos e redes sociais e qual a decisão do STF nesse caso. Por hipótese, vamos supor que um cidadão que teve seu perfil bloqueado, ao invés de se manifestar virtualmente, tivesse ido até uma praça, um palco, um jornal, uma rádio ou a uma emissora de TV e fizesse o tal discurso de ódio ou de subversão da ordem. Seria razoável impedir esse cidadão de repetir o discurso no veículo que ele utilizou ou seria mais natural abrir um processo para puni-lo do eventual crime? Caso ele tenha feito o discurso por carta, retiraríamos de imediato a caneta e o papel do indivíduo?

Há uma presunção na decisão do Supremo que, a despeito de eu ser leigo, não me convence. Presume-se que um crime fora cometido – embora, até onde eu saiba, não tenha sido julgado, pelo menos não com alguns dos perfis bloqueados – e, pior, que o infrator continuará a se utilizar da mídia da qual fez uso para reincidir no mesmo padrão de comportamento. Entre essa presunção e a liberdade de expressão, eu fico com a última por larga margem.

Por outro lado, há de se considerar que, quando se usa o poder das mídias sociais com má-fé, os impactos podem ser severos e irreversíveis. Em passado recente, um determinado secretário de Estado foi acusado de problemas de desvio financeiro em plena pandemia. Ato contínuo, circulou um vídeo com policiais encontrando enorme quantidade de dinheiro em seu apartamento. Era *fake news*, mas a imagem do secretário dificilmente será recuperada. Há também casos de destruição de opositores políticos na véspera das eleições, com acusações mentirosas e gravíssimas de pedofilia e outros crimes deploráveis. Não há tempo de reação e nem forma de reparação. Dada a alta complexidade, manifesto a ausência de qualquer pretensão neste artigo de esgotar o tema, ou encontrar soluções procedimentais para o equilíbrio, mas sim de marcar uma posição sólida contra a censura e a favor do direito de se manifestar livremente, desde que não se incorra em crime.

Ressalto que, da minha parte, não há qualquer influência política na opinião aqui expressa. Postei, recentemente, nas redes sociais sobre o Brasil viver uma pandemia paralela à covid, de intolerância às opções políticas. Erroneamente, simpatizantes de um ou de outro lado têm efetuado julgamentos a respeito do caráter e da capacidade de gestão de indivíduos, simplesmente pela linha política escolhida. Se a pessoa é de direita e apoiadora do governo atual, sob sua ótica, todos aqueles que são de esquerda são desonestos, corruptos e incompetentes. Se a pessoa é de esquerda e apoiadora dos governos anteriores, todos aqueles que são de direita é que têm os atributos malfadados. Em um momento mais sóbrio e equilibrado, tais estereótipos seriam rechaçados prontamente.

Dito isso, ressalto que sou contra a decisão proferida não por defender um grupo ou uma ideologia política, mas sim porque ela fere a liberdade de expressão. Teria a mesma opinião se os perseguidos fossem outros, com outras preferências políticas.

Enquanto produzo o artigo, o assunto cria novos contornos, na medida em que outros ministros começam a se manifestar, a exemplo da ilustre ministra Carmem Lúcia, que equilibradamente disse:

> Não tenho nenhuma dúvida que se o Estado não pode fazer censura, plataformas digitais também não podem. Particular nenhum pode. Porque não pode calar o outro, não existe o "cala boca".

E ainda:

> O desafio está nisso: a ponderação necessária para que nem se cerceie a liberdade, nem se faça desses espaços nichos possíveis de acolherem práticas criminosas.

Paralelamente, o Facebook inicialmente se negou a bloquear as contas globalmente, alegando que respeita as leis de cada país onde atua e, portanto, há de se respeitar cada jurisdição, não havendo a possibilidade de uma lei nacional ser aplicada a outra nação. Em seguida, reformulou seu posicionamento.

O debate será longo, repleto de contraditórios, e com potencial de moldar a sociedade em seus usos e costumes. Sei que é otimismo exagerado da minha parte, mas meu pedido é: vamos deixar de lado o viés político-eleitoral e vamos decidir o que é melhor para o Brasil.

Novas dinâmicas sociais

*A vida é a arte do encontro, embora
haja tanto desencontro pela vida.*
——— VINICIUS DE MORAES

Eu sinto falta dos meus amigos. Com alguns grupos, mantinha rotinas semanais, fora aqueles que via mais costumeiramente em função das atividades empresariais. Com outros, costumava almoçar de tempos em tempos, sem nenhuma necessidade de ter um assunto particular para falar. Outros, ainda, frequentavam minha casa para degustar um bom vinho, assim como eu fazia o mesmo e os visitava em suas casas. Em diversas ocasiões, comentamos entre nós que nunca precisaríamos de psicólogos, uma vez que já fazíamos terapia em grupo.

Nessa pandemia de Covid-19, marcada pelo isolamento social, percebi que tenho falado com muitos desses queridos exclusivamente pelo WhatsApp e pelas redes sociais. Ninguém usa mais telefone, não é? Estamos vivendo muito mais de *posts*, memes, *likes*, compartilhamentos. Preferia o tempo de abraços, das risadas altas e aquela falação de uma quantidade extraordinária de bobagens que apenas os amigos conseguem produzir quando estão reunidos.

Mas a situação exige precaução para vencer a covid. Cada um, dentro das suas possibilidades, deve adotar as medidas necessárias para evitar a maior propagação do vírus, com especial cuidado pelo próximo, principalmente aqueles em grupo de risco. Sendo assim, precisamos encarar as novas dinâmicas sociais.

No decorrer da semana, tive uma experiência extremamente positiva e de alguma forma surpreendente. O contexto foi o lançamento de uma parceria da minha empresa com uma multinacional de software. Fizemos um *happy hour* virtual com vários clientes, que se iniciou por breves apresentações institucionais, seguidas de explicações sobre o processo de fabricação de cervejas, transmitidas diretamente de uma cervejaria artesanal de alto nível. Após compreender melhor as diferenças entre as cervejas e como elas são feitas, passamos para a parte prática, quando dois mestres cervejeiros nos guiaram na degustação de quatro tipos diferentes da bebida, cada qual com um copo em formato específico e com acompanhamentos apropriados. Uma delícia! Nunca imaginei, por exemplo, que fosse tomar uma "gelada" com trufa ou com ameixa seca e achar bom.

Em relação à logística do evento, após a confirmação dos convidados, conseguimos enviar para suas casas os kits completos com cervejas, copos, aperitivos e um abridor de garrafas. No dia da confraternização, a integração foi agradável e o evento transcorreu com fluidez. Estava previsto para durar 1 hora e meia e durou 2 horas e meia. O tempo passou rapidamente, da mesma forma que passa quando estou com meus amigos. Penso que foi assim para todos os "presentes".

Além de estarmos cada um na sua casa, o que permitiu a interação de alguns com seus respectivos familiares, há outros fatores bem relevantes e interessantes no lançamento. A pessoa que cuidou do nosso marketing reside em Lisboa. Quem fez a parte de marketing da multinacional está em São Paulo. A responsável deles por canais, no Rio; o nosso, em Brasília. Parte dos clientes, em Goiânia; outros, na Capital Federal.

Fronteiras estão se rompendo. Físicas, por óbvio, mas também culturais. Foi possível proporcionar uma diversão de qualidade, em um momento organizado a muitas mãos, por pessoas em locais diferentes, trabalhando com sinergia, ao mesmo tempo em que se inaugurava uma parceria de sucesso, com vastas possibilidades. Paralelamente, prestigiamos o empreendedorismo de um colaborador competente, dedicado e comprometido com a empresa. Um dos mestres cervejeiros, Pedro Henrique, carinhosamente conhecido como Jack, sócio da Cervejaria Gont's, é também membro da nossa equipe na Memora Processos Inovadores SA há mais de 10 anos. A propósito, outros colaboradores possuem negócios próprios e ninguém precisa esconder isso no ambiente organizacional, ao contrário, se pudermos ajudar, iremos fazê-lo.

Se as interações pessoais diminuíram, as virtuais estão aumentando exponencialmente e não se limitam ao ciclo de convívio previamente estabelecido. Há espaço para buscar novos amigos, novos mentores, aficionados do seu hobby preferido, relacionamentos de toda ordem.

Pode ser que esse texto encontre você em isolamento, eventualmente com vontade de interagir com seus amigos ou familiares, quem sabe acometido por uma leve pontada de nostalgia ou um tiquinho de depressão. Espero que perceba as inéditas opções que estão surgindo e possa usufruir delas. Convide uns amigos para uma festa virtual, cada um em sua casa, acompanhado de sua bebida preferida, coloque uma música comum e descubra que é possível se divertir mesmo a distância. Ou quem sabe você decida aprender a desenhar, tocar um instrumento, fazer dobraduras em papel, ou ainda uma pós-graduação. Não importa qual sua opção, importa apenas que não fique imobilizado pela situação. Mexa-se!

Simultaneamente, vamos torcendo juntos, sendo solidários com quem precisa e trabalhando, no sentido mais amplo da palavra, para conseguirmos superar esse grande desafio trazido pela Covid-19.

Empreendedorismo, risco e pandemia

> *Ser um empreendedor é como comer vidro olhando para o abismo da morte.*
> ——— ELON MUSK

A cultura brasileira não é favorável ao empreendedorismo. Na maioria das famílias, a solução de futuro para os filhos é estudar e conseguir um emprego estável. Esse é o sonho de pais e mães que batalham diariamente pela sobrevivência da sua prole. Empreender ocorre, em geral, por necessidade e não por vocação.

Quando um empreendedor vai mal, a família torce para ele deixar essa loucura de lado e se consolidar no mercado de trabalho. Quando vai muito bem, a sociedade aponta o dedo com adjetivos inadequados que vão desde exploração do trabalhador, mesquinharia, sorte e até desonestidade. Aparentemente, para o brasileiro médio, não existem bons empresários.

Ocorre que as empresas é que movimentam a economia, geram emprego e renda. Só existem porque alguém assume o risco de criá-las. As consequências econômicas da crise em que vivemos serão profundas. As previsões variam entre 5% e 7% de queda do PIB no país. A retomada do crescimento após os efeitos gerados pela pandemia somente será possível por intermédio dos empreendedores. São esses que precisam tomar o risco para prosseguir, investir – mesmo sem ter – e navegar pelo "novo normal".

Propositadamente, utilizei-me duas vezes do termo "risco" no parágrafo anterior. Isso porque não há empreendimento sem risco. O dono paga antes de receber, paga para os outros antes de pagar para si, tira do seu bolso para construir algo. Vive de projeções futuras, da crença de que vai dar certo. Um ser otimista por natureza, que deveria ser mais valorizado em nossa cultura.

Eventualmente, para quem nunca construiu um negócio, pode parecer que, por necessariamente ter de correr riscos, o fundador de uma empresa gosta disso, da adrenalina, de estar em situação de perigo. Essa é uma compreensão equivocada.

No começo dos anos 90, eu ingressei no serviço público. Fiz um concurso e fui chamado para o Conselho da Justiça Federal como programador. Deparei-me com uma linguagem de desenvolvimento chamada MUMPS. Naquele momento do tempo, era impossível para mim predizer o que ocorreria com o futuro da Tecnologia da Informação, mesmo assim, era divertido escrever comandos em meio à sopa de letras procedural.

Durantes os 3 anos nos quais remanesci servidor, descobri não ser essa a minha vocação e entrei em conflito comigo mesmo, afinal, de origem humilde, tinha atingido o sonho de criança, um emprego sólido, com boa remuneração e com o futuro garantido. Contra tudo e contra todos, decidi sair do serviço público e me aventurar na iniciativa privada. Comecei uma primeira tentativa de empreender, que foi interrompida pelas necessidades familiares. Antes do tempo previsto, a primeira filha, Bianca, estava encaminhada para nascer.

Consegui um emprego para ter estabilidade. A carreira no mercado privado decolou rapidamente e, com poucos anos de empresa, eu já tinha assumido uma função de diretoria. Por característica dos contratos firmados com os clientes, cujo potencial de continuidade era quase garantido, em meados de 2003 era possível vislumbrar o cumprimento das metas, não só do ano corrente, como também de 2004. Pois bem, mas eu já tinha decidido que minha vocação era empreender, então em outubro pedi demissão, mais uma vez contrariando o senso comum.

Quem observa a história, além de à maluquice, pode atribuir minhas decisões ao fato de eu gostar de correr riscos, o que está longe de ser verdade. Somente assumo riscos quando estritamente necessário, mas também não me imobilizo por eles. Até hoje, a grande maioria dos que assumi foram calculados e valeram a pena. Que fique claro, são uma necessidade não uma motivação.

O empreendedor não é aquele que ama o risco, e sim quem consegue conviver com ele para construir algo em que acredita!

O momento atual, em que convivemos com ameaças diárias de contaminação, é propício a esse debate. Os profissionais de saúde, pessoas da área de alimentação, do comércio, do transporte e de outros setores econômicos são obrigados a se expor em prol do coletivo. Correm o risco porque é necessário, não porque gostam dele. Se você está inserido nessa lista, meu muito obrigado. Se você não está, evite correr risco o máximo que você puder.

O confinamento nos afeta de muitas formas, sentimos falta dos amigos, dos parentes, das festas, dos bares, do cinema. Somos seres sociais e queremos estar em convívio com os outros. As chamadas de vídeo não substituem o abraço, o aperto de mão, o olho no olho, o carinho e o calor da interação pessoal. Eu sei disso, mas passei a vida calculando riscos. É muito melhor ficar em casa e viver com essa carência do que descobrir que um amado foi contaminado por sua causa e veio a óbito.

Impostos, que chatice!

> *Quando há um imposto, o justo*
> *paga mais e o injusto menos*
> *sobre o mesmo rendimento.*
> ——— PLATÃO

A cobrança de impostos pode ter começado no Egito, na Idade Média na Europa ou em qualquer outro lugar onde os historiadores decidam. De qualquer forma, sempre foi um assunto tão chato que é superado apenas pela inconveniência de ter de pagá-los. É possível que alguns dos leitores que acompanham meus artigos já tenham decidido passar para o próximo e deixar este de lado, em razão do tema, mas, se você já chegou até aqui, penso que vale ir até o final.

Em primeiro lugar, ao contrário do senso comum, é preciso ressaltar que o imposto é um dever recíproco. É dever das pessoas, físicas ou jurídicas, pagá-lo, assim como é dever do Estado cobrá-lo. Sem isso não há serviços públicos, não há segurança nacional, não há nação. O coletivo requer a contribuição individual para se sustentar. A estabilidade social em que vivemos é fruto dos encargos tributários que pagamos. Evidentemente, quanto mais eficientes são os governos, maiores os benefícios recebidos pelo que contribuímos. No Brasil, é consenso que o retorno é muito menor em relação à expectativa, o que faz o ato de pagar ser ainda mais dolorido.

Pelo menos podemos nos orgulhar do uso intensivo de tecnologia, que tem sido útil para automatizar os processos e diminuir as perdas derivadas das sonegações fiscais. O sistema de Imposto de Renda Pessoa Física brasileiro, por exemplo, pode ser considerado um caso de sucesso mundial. Há vários avanços também na relação contábil entre os órgãos de Receita e as empresas, bem como no cruzamento de dados contábeis, fiscais e bancários que auxiliam em muito a detecção de erros e fraudes.

Como empresário, gostaria de pagar tributos justos, que fossem devolvidos de forma adequada do Estado para a sociedade. Ocorre que a carga tributária paga atualmente já é enorme e, ainda, tende a piorar em função de algumas propostas que estão circulando pelo governo. Desde a criação da empresa – a Memora Processos Inovadores SA –, nunca obtivemos lucro superior ao que pagamos ao erário, pelo contrário. E mais, estamos sujeitos a uma complexidade extraordinária que nos custa muito caro sem trazer qualquer segurança. Apenas o futuro deveria ser incerto, mas, no caso tributário, o passado também é. Conheço dezenas de histórias nas quais empresários sérios foram estrangulados por interpretações esdrúxulas da Receita e viram o passado, que deveria ser imutável, se modificar para pior.

A princípio, sou contra a criação de qualquer nova taxação, contra modificações que aumentem a carga tributária e ainda muito mais contra quem sonega. Para citar exemplos concretos, o governo está trabalhando na alteração do PIS/COFINS, que, em nome de uma possível simplificação, vai onerar indevidamente todo o setor de serviços, em especial o de Tecnologia da Informação. Outro exemplo é o micro imposto sobre transações digitais, apelidado de nova CPMF.

A alcunha de CPMF foi utilizada, também, como estratégia para derrotar a proposta de imposto único sobre transação financeira, defendida com ênfase no início do governo pelo professor Marcos Cintra. Duas questões principais foram utilizadas como argumento para derrubar a tese e o secretário, por consequência. A primeira, falaciosa, que o imposto é injusto porque taxa igualmente ricos e pobres. Incrivelmente, nunca vi nenhuma pessoa na padaria, nem essas que se opuseram às propostas, apresentarem uma declaração de rendimentos para comprar pão. O que quero dizer é que quando você compra qualquer produto, independentemente se é rico ou pobre, você já paga exatamente o mesmo montante financeiro para o governo de que qualquer outra pessoa. Quanto mais você compra, e quanto mais caros são os produtos, mais você desembolsa. Em suma, o tributo que você paga já está atrelado à sua movimentação financeira e não é diferente se você ganha um salário-mínimo ou se é bilionário.

A segunda é que o imposto é cumulativo. Ou seja, em uma cadeia produtiva, a cada insumo que você compra, até a venda do produto final, há incidência repetida. Isso de fato é um problema? Depende do percentual de cobrado e de quanto imposto vai pagar o consumidor final. Se o imposto único implicasse em pagar mais, então seria um problema. Mas isso não ocorreria. Tive o privilégio de ver em detalhes as simulações feitas pela equipe do professor Cintra muito antes de ele entrar no governo. Com um patamar de 4,5% sobre a transação financeira, praticamente se substituiria toda a plêiade tributária que temos hoje, com benefícios extraordinários de simplificação e segurança jurídica.

O "problema" é que esse tipo de imposto, sobre a transação financeira, traz um imenso inconveniente para muitos poderosos: ele combate fortemente a sonegação. Adicionalmente ao tributo, já havia sido estabelecida uma regra pela qual nenhuma operação em dinheiro vivo seria apta a garantir qualquer transferência de bens. Em resumo, caso você decidisse vender seu carro, a operação seria validada apenas com a respectiva transação bancária. Além disso, o dinheiro em espécie passaria a ter uma validade mais curta, evitando ser guardado em apartamentos suspeitos, como ocorrido e relatado inúmeras vezes pela mídia.

Diante da abrupta virtualização que ocorreu em função da covid, vários negócios migraram para a internet. Muito se ganha hoje com propagandas, shows, *lives*, palestras, cursos, *posts*, transações de compra e venda virtuais. Por um lado, ótimo que a economia tenha encontrado formas de se recuperar, melhor ainda quando o movimento é diluído por milhares (milhões?) de pessoas. Por outro lado, é justo que se pague os impostos devidos dessas transações. Assim sendo, sou favorável à criação do imposto sobre transações digitais, desde que seja bem balanceado, dando segurança jurídica e afastando outros tributos.

Cheguei em sétimo lugar e comemorei

> *Seja grato pelo que você tem; você vai acabar tendo mais. Se você se concentrar no que você não tem, você nunca, nunca terá o suficiente.*
> — OPRAH WINFREY

Participei em agosto do 1º Festival Brasileiro de Bridge On-line em condição muito especial, não apenas como jogador, mas também como organizador. Desde que assumi a presidência da Federação Brasileira de Bridge, no mês de janeiro de 2020, foi a primeira experiência de planejar e executar um torneio com essa dimensão, começando pelo ineditismo da competição virtual. Para minha sorte, estou cercado de pessoas competentes, dedicadas e muito bem preparadas. Devo a elas o sucesso absoluto do evento.

Foram 20 equipes e aproximadamente 120 jogadores espalhados pelo Brasil, além de vários participantes estrangeiros. A disputa remota abriu espaço, por exemplo, para uma equipe completa de Portugal; times que reuniam brasileiros, uruguaios, bolivianos, chilenos e argentinos; competidores turcos e latino-americanos vivendo na Europa, e contou com partidas comentadas por um carioca residente nos Estados Unidos, assessorado por um boliviano. Incrível!

As relações digitais estão conectando com mais facilidade amantes do mesmo hobby, independentemente da localização geográfica. No caso do bridge, o afastamento presencial tem sido compensado pelos torneios virtuais, os quais vêm proporcionando alguma diversão para os adeptos, sobretudo durante esse período de confinamento.

Como se pode deduzir pelo título deste artigo, minha equipe, composta por seis jogadores, conquistou o 7º lugar na competição. No time, como parceiro de dupla, joguei com meu filho Henrique (19 anos), atualmente um dos destaques da América do Sul na categoria juvenil, que no bridge, curiosamente, vai até 25 anos. Já conquistamos, juntos, duas medalhas de prata em torneios nacionais, o que é motivo de grande orgulho. De fato, uma alegria especial dividir uma das minhas atividades prediletas com ele.

A decisão da disputa ocorreu em três tempos, contra uma equipe mais forte, posicionada entre as favoritas do torneio, mas que não se desempenhou em sua plenitude nas fases finais. Ganhamos por muito pouco e eu comemorei! Fiquei realmente feliz com a vitória. Escrevo isso porque, de alguma forma, nossa cultura não dá valor para as posições fora do pódio. Na verdade, apenas o 1º lugar é valorizado. Mesmo no futebol, paixão nacional, os torcedores raramente lembram ou festejam o segundo ou terceiro lugar. Podem até comemorar a obtenção de uma vaga em campeonatos internacionais, mas não a posição em si.

Esse comportamento é extremamente inadequado e faz muito mal para o Brasil enquanto nação. Lembro-me muito bem de uma apresentação de um representante português, em certa ocasião, que anunciava com entusiasmo marcos mundiais do seu país. Era 17º em um setor, 35º em outro, 26º em um quesito qualquer. Falava de boca cheia, como nós falamos dos títulos de campeão. Tinha um verdadeiro orgulho daquelas posições intermediárias.

Em 2019, por três vezes, estive em Portugal. A primeira, acompanhando meu sobrinho Cauê (gravem esse nome!) durante um treinamento de duas semanas no Benfica[13]. Encantando com o que vi, retornei duas vezes ao país e inaugurei um escritório comercial em Lisboa. Talvez mais do que nós, os portugueses sofreram com a crise financeira do começo do século, no entanto se recuperaram e estavam vivendo um momento de pujança até a crise do coronavírus. Tenho certeza de que em breve vão se reerguer novamente.

Uma das razões da resiliência lusitana me foi confidenciada por uma nativa, a consultora empresarial Olga Ribeiro, que nos assessorou na abertura do escritório. Disse-me que no decorrer da crise conseguiram uma mudança cultural incrível, passaram a valorizar os produtos de origem portuguesa. Quando iam ao mercado e tinham opções entre artigos importados e nacionais, não havia dúvida, prestigiavam o produtor local. A comoção foi tamanha a ponto de, inconscientemente, passarem a desvalorizar as mercadorias importadas, isso sem qualquer relação real com a qualidade verdadeira do bem.

Acredito que devemos extrair uma lição importante desse exemplo de patriotismo dos nossos colonizadores.

Ao valorizar o produto nacional, os portugueses conseguiram reerguer sua economia e sua autoestima. Em poucos anos, saíram de um momento desafiador para alcançar uma sociedade de prosperidade. Lisboa, cidade linda, revela um nível de segurança, transporte público, educação e saúde que tem atraído milhares de brasileiros para constituir residência por lá.

O Brasil enfrenta problemas estruturais de toda ordem os quais merecem constante atenção e dedicação. Seria um erro, porém, desmerecer ou omitir os atributos de competitividade que fazem de nós uma verdadeira potência mundial. É preciso reconhecer, valorizar e celebrar nossas virtudes, prestigiar o que possuímos e produzimos aqui. Alguns dados traduzem bem essa visão:

1. **Dimensão Econômica**
   - 9ª maior economia mundial, com PIB de US$ 1.87 trilhões (FMI);
   - 9º principal destino de investimentos internacionais em 2019: US$ 72 bilhões – 5% do total (UNCTAD);
   - Principal destino de investimentos internacionais na América Latina em 2019 – 43% do total (UNCTAD);
   - 7ª maior população mundial, o que torna o país um dos mercados internos mais relevantes e atrativos do globo (U.S Census Bureau).

2. **Dimensão Energética**
   - 10º maior produtor mundial de petróleo e maior da América Latina (BM);

- 2º maior produtor mundial de etanol, respondendo por 30% do volume global produzido em 2019 (USDE);
- 2º maior produtor global de minério de ferro, com 19% da produção mundial (DNPM);
- Atualmente, 80% de toda matriz energética do país têm origem em fontes renováveis, volume superior à média de todos os países da OCDE – 23,8% (OCDE).

3. Tecnologia e Inovação

- 7º maior produtor mundial de TIC, alcançando, em 2019, US$ 90 bilhões (IDC);
- O setor de TIC representa 6,8% do PIB brasileiro (IDC);
- O mercado brasileiro de TIC representa 43% do total da América Latina (IDC);
- 5º maior mercado de telecomunicações do mundo, com 315 milhões de acessos à internet, sendo 280 milhões de conexões móveis e 35 milhões de acessos em banda larga fixa (Telebrasil);
- Atualmente, 13.083 *startups* estão instaladas no Brasil (ABStartup);
- Com cerca de 2.700 empresas de base tecnológica, a cidade de São Paulo está entre os 30 maiores ecossistemas globais de *startups*, ao lado de grandes centros, como Berlim, Tóquio, Jerusalém, entre outros (Global Startup Ecosystem Ranking 2020).

4. Recursos Naturais

- O Brasil possui extensas áreas de vegetação nativa, que cobrem cerca de 66% do território nacional, e são reconhecidas mundialmente por sua importância para a biodiversidade, a ciclagem da água, o armazenamento de carbono e a regulação do clima (MMA);
- O Brasil dispõe da maior reserva global de água doce do mundo, com 6.950 quilômetros cúbicos, o suficiente para encher 2,78 bilhões de piscinas olímpicas (UNESCO);
- 70% das reversas do país estão concentradas na Amazônia, onde o Rio Amazonas e seus afluentes correspondem a 1/5 de toda água do mundo (UNESCO).

5. Agronegócio

- O agronegócio responde por mais de 21% do PIB brasileiro (CNA);
- A produção agrícola vegetal ocupa menos de 10% da área cultivável do país, enquanto a agropecuária demanda entre 20% e 30% da área disponível (FAO);
- Em 2019, a produção agropecuária brasileira foi de R$ 674,8 bilhões (MAPA);
- O Brasil é o 2º **maior produtor mundial** de alimentos, atrás apenas dos EUA (FAO);
- O país é o 3º **maior exportador mundial** de alimentos (FAO);

Alguns destaques:
- ✓ 1º produtor mundial de suco de laranja / 1º exportador mundial (USDA);
- ✓ 1º produtor mundial de café / 1º exportador mundial (USDA);
- ✓ 2º maior produtor mundial de soja / 1º exportador mundial (USDA);
- ✓ 1º produtor mundial de açúcar / 1º exportador mundial (USDA);
- ✓ 2º maior produtor mundial de carne bovina / 2º exportador mundial (USDA);
- ✓ 2º maior produtor mundial de frango / 1º exportador mundial (USDA);
- ✓ 3º maior produtor mundial de milho / 2º exportador mundial (USDA);
- ✓ 4º maior produtor mundial de carne suína / 4º exportador mundial (USDA).

Somos uma potência mundial, vamos colocar de lado o "complexo de vira-lata", reconhecer e comemorar os nossos pontos positivos. O momento é de mudanças, vamos aproveitar para alterar nossa cultura, prestigiar o que temos de bom e erguer o Brasil para os patamares que merecemos.

Competição interespecífica

Se você quer ser bem sucedido, precisa ter dedicação total, buscar seu último limite e dar o melhor de si.
—— AYRTON SENNA

A biologia tem se apresentado como uma grande referência para diversos aspectos da vida cotidiana. Discretamente, seus termos e conceitos avançam nas questões sociais, econômicas e empresariais permeando nosso entendimento sobre as relações. Analogias com a ecologia, os ecossistemas, o comportamento celular, o sistema nervoso e outras tantas têm sido utilizadas para o estudo, a compreensão e a proposição de novos caminhos em diversas áreas do conhecimento humano.

O título do artigo, que representa mais uma dessas analogias, refere-se à competição entre diferentes espécies, que convivem em um mesmo habitat, por recursos de utilidade comum, em particular, por alimento. Faz-me lembrar dos documentários sobre o Serengeti, região da África Oriental, no norte da Tanzânia e no sudoeste do Quênia, quando, nos períodos de seca, manadas de animais de diferentes espécies ficam à espreita para saciar sua sede em um filete minúsculo de água. A dramaticidade da cena se amplia quando algum descuidado se torna refeição do seu predador.

Na economia é possível observar a competição de produtos diferentes pelos limitados recursos financeiros. Quando se podia ir ao cinema, antes da pandemia e do confinamento, era possível observar a disputa entre a pipoca e a Coca-Cola. São itens totalmente diferentes, mas pode ser que o consumidor precise escolher um ou outro, no caso de não ter o dinheiro para os dois. Essas rivalidades se repetem, em escalas diferentes, nas nossas vidas. Temos de fazer escolhas sobre opções totalmente diversas, simplesmente porque não há possibilidade de possuirmos tudo o que queremos. Pode ser uma limitação de tempo, de dinheiro, ou de qualquer outro recurso escasso. É o caso da viagem *versus* a troca do carro, apartamento novo ou começar aquele sonhado negócio, da pós-graduação ou da academia. Bens diferentes, benefícios diferentes, competindo entre si pela insuficiência de algum recurso.

A curiosidade sobre o tema veio à tona por uma situação particular, mas a abrangência de suas consequências é ampla. Desde o início da pandemia, motivado por compartilhar reflexões de qualidade, em contraposição a muita comunicação sem conteúdo que se propaga nas redes, tenho escrito um artigo semanalmente. Além de publicar na internet, tenho repassado para amigos queridos, os quais, felizmente, têm tido a benevolência de se mostrarem interessados e até elogiar os escritos, fato que me deixa extremamente feliz. Amigos são para essas coisas.

Ocorre que, várias vezes, recebo algumas mensagens com o mesmo teor, dizendo, em síntese, que a(o) amiga(o) está atrasada(o) e conseguiu apenas naquele momento ler o texto de alguma semana anterior, mas pretende em breve colocar a leitura em dia. Meus textos são curtos. Demandam no máximo cinco minutos de leitura. No entanto, ainda assim, são postergados. Esse adiamento, de forma alguma, representa desinteresse ou qualquer desprestígio, apenas reflete que a leitura dos meus artigos está concorrendo com as inúmeras ações a serem realizadas concomitantemente. Eu mesmo, para nenhum amigo se sentir culpado, também estou devendo a leitura de alguns textos curtos publicados por pessoas que gosto e respeito.

O mesmo ocorre com *lives*, com *posts*, com cursos, com livros (ou e-books) e com seja qual for a atividade, em especial aquelas que habitam a nossa nova realidade cada vez mais virtual. Competem entre si pela nossa atenção, pelo nosso tempo. Procuram interferir simultaneamente com as nossas escolhas, não se importando se o objetivo é cultural, de lazer, profissional ou educacional.

Sobre o tema, vale a leitura do excepcional livro *A estratégia do Oceano Azul*, escrito por W. Chan Kim e Renée Mauborgne, no qual se explora a diferença entre dois ambientes diferentes de negócios. O primeiro, denominado oceano vermelho, é onde regras, padrões, características e comportamentos são previamente conhecidos e cuja competição se faz basicamente por redução dos preços e, evidentemente, redução ainda maior dos lucros. Caso você esteja fazendo compras durante a pandemia, ou se já fazia antes, a visita aos supermercados é, em geral, uma vitrine viva desse ambiente. Marcas e mais marcas do mesmo tipo de produto, com características similares, competindo por sua atenção.

O segundo modelo, nomeado de oceano azul, escolhido como título do livro, ocorre quando alguma empresa consegue criar um novo mercado, com novas perspectivas e novos paradigmas. A competição torna-se irrelevante, posto que o produto é único, diferenciado e se transforma em objeto de desejo. O exemplo mais marcante é o Cirque du Soleil[14]. Ao contrário da decadência circense, os espetáculos da companhia atraem milhares de expectadores ávidos por diversão. Além do público tradicional, conseguiram trazer e encantar uma plateia de outros segmentos, como teatro, shows de mágica, esportes olímpicos e grandes eventos musicais. Já devo ter assistido a seis ou sete apresentações e adorei cada uma delas.

Diante da consciência da acirrada concorrência, nem sempre entre iguais, cabe a cada um buscar o melhor de si para que possa se destacar no meio de tantos "adversários". Não se esqueça, no entanto, que sua família também compete pelo seu tempo e seus entes já são especiais pela própria natureza.

Onde se fazem canções e revoluções

> *Nós sabemos o que somos, mas não sabemos o que podemos ser.*
> ——— WILLIAM SHAKESPEARE

Em 1990, por causa de umas questões paralelas – parafraseando Chico Buarque –, fui parar em Caxambu/MG, para a 13ª Reunião Anual da Sociedade Brasileira de Química (SBQ). A época de universidade, que tive o imenso privilégio de passar na Universidade de Brasília (UnB), traz lembranças e saudades para a maioria de nós. Para mim, foi uma ruptura completa com o modelo de ensino que tinha vivenciado no meu "segundo grau", hoje ensino médio. Não havia mais o bedel, nem a obrigação de assistir aula, a parte institucional era totalmente impessoal e os amigos vinham de origens distintas, com experiências de vida e pensamentos extremamente interessantes.

Dada a minha condição financeira, logo nos primeiros semestres já fui buscando alternativas de bolsas, de forma a poder ter alguma, embora pequena, disponibilidade de dinheiro para, pelo menos de vez em quando, acompanhar os movimentos do pessoal. A bolsa à qual me dediquei por um tempo maior, e a que me trouxe as melhores experiências, foi a da AAAUnB – Associação Atlética e Acadêmica da UnB. Nessa afortunada posição, tive a oportunidade de organizar por duas vezes os jogos internos da universidade, o que significava desde pensar no planejamento, elaborar as tabelas, contratar os árbitros com bolsas, até colocar cal no campo de futebol ou varrer algum espaço que precisasse de limpeza antes da competição. Fazíamos de tudo um pouco para a realização dos jogos, que reuniam mais de mil estudantes, serem um sucesso. Eu participava ativamente também como atleta, porque meu departamento, o de matemática, mesmo unindo forças com o de estatística, possuía apenas um time realmente bom, o de basquete. Nesse eu não tinha vaga, mas nos demais e nas provas individuais eu ingressava para completar a equipe e para obter mais pontos nos torneios.

Curiosamente, em função da minha presença constante no departamento de química, inclusive na invasão de uma sala para a criação do Centro Acadêmico, e pela atuação nos esportes, raros eram os que sabiam que eu cursava matemática.

Voltando para Caxambu, lembro-me até hoje de uma camiseta comprada há época, que continha os seguintes dizeres: "Em Minas Gerais ainda existem quintais onde se fazem canções e revoluções". Foi paixão à primeira vista pelas palavras que combinavam bem com o romantismo daquela fase da vida, na qual queremos as coisas certas, porém não temos a menor noção do que é preciso fazer para que elas se materializem. A utopia de um mundo melhor e mais igualitário convivia com ideias pouco sustentáveis de linhas de ação.

Lembrei-me disso tudo porque visitei recentemente o interior de Minas, mais especificamente Matias Barbosa, uma cidade da Zona da Mata, próxima a Juiz de Fora, para avaliar uma oportunidade de negócios. Fui recebido da forma que só os mineiros sabem fazer e, tenho certeza de que, se permanecesse por mais uns dias, ia dobrar de peso. As guloseimas irresistíveis são um verdadeiro teste de disciplina, no qual eu indiscutivelmente fui reprovado!

A estada trouxe reflexões sobre o estilo de vida das cidades menores em comparação aos grandes centros urbanos. Tranquilidade, segurança, baixo nível de estresse, menor custo de vida são alguns dos aspectos. Mas outras coisas peculiares ficaram evidentes. Quando eu perguntei de onde era o torresmo maravilhoso que eu estava comendo, disseram ser da fulana de tal; o queijo, produção do beltrano; o doce, a máscara, os biscoitos, tudo com procedência conhecida, de algum ilustre produtor local. Quando muito, da cidade vizinha. A economia acontecendo dentro da própria comunidade com efeitos sensacionais. Quando fomos almoçar um dia, para saborear um delicioso peixe fresco, a Marcelle Oliveira, fundadora e CEO da empresa objeto da nossa visita, disse-me que podia esquecer a carteira em casa e mesmo assim comprar qualquer coisa, porque todos a conheciam e ela tinha crédito.

Por outro lado, o tamanho da cidade não impediu a empreendedora de iniciar um negócio que agora se propaga por vários estados do país, com mais de 120 franquias já vendidas. Um sucesso que vai ser ainda maior e que sempre terá o orgulho de dizer que nasceu em Matias Barbosa, com seus 15 mil habitantes.

O impacto do empreendimento para a cidade já é grande e será ainda maior, com a geração de empregos, renda e riqueza para a região. Muitas famílias vão ser beneficiadas e poderão usufruir de uma qualidade de vida melhor.

Ao contrário do tipo de revolução que eu imaginava pela primeira vez, quando vi a camiseta em Caxambu, pode estar em curso uma revolução muito melhor para o país. Quando os negócios surgem no interior e fortalecem a região à qual pertencem, eles se tornam muito mais relevantes para o desenvolvimento social. Levam dignidade, orgulho e possibilidades para comunidades onde o ordenamento urbano é muito mais simples. Onde é possível resolver as mazelas que as grandes cidades não conseguem mais tratar.

Tendo em vista os novos paradigmas surgidos na pandemia da Covid-19, com utilização intensiva de Tecnologia da Informação, é crível imaginar que as pessoas possam trabalhar à distância, de forma regular, e produzir adequadamente. Assim, podemos sonhar com negócios surgindo fora dos eixos tradicionais, fixando indivíduos em cidades que permitam uma melhor qualidade de vida e relações sociais mais humanas.

O desenvolvimento vindo do interior é o mais benéfico que um país pode ter. Quem sabe seja esse o caminho para levar o Brasil a outros patamares. Não o Brasil das grandes metrópoles apenas, mas uma nação mais inclusiva, mais solidária, que sabe cuidar do vizinho. Um país com milhares de Matias Barbosa, sediando empresas como a MultSaúde.

A importância da linguagem na Transformação Digital

Acredito que não é a tecnologia que muda o mundo. São os sonhos por trás da tecnologia que mudam o mundo.
——— JACK MA

Em um cenário ficcional, de um futuro dominado pelos romanos, ocorre a detecção da chegada de uma nave alienígena em nosso sistema solar. Surge a necessidade de compreender o objetivo dos potenciais invasores, se vieram em missão exploratória ou em guerra. Inicia-se uma mobilização para tentativas de comunicação, que obtém seus primeiros sucessos por meio da matemática.

Toda a Teoria dos Números é construída sobre poucas e simples regras, os chamados Axiomas de Peano. Na mesma linha, a compreensão de operações simples de aritmética permite gradativamente construir uma base para a criação de uma linguagem comum de entendimento. No conto, que infelizmente, em função de tão longínqua leitura, sequer me lembro da autoria, os extraterrestres interrompem a comunicação e abandonam a Terra ao descobrirem que a prática de escravidão nunca fora abolida em nosso planeta. O autor, de forma engenhosa, conta a história do principal linguista envolvido nas comunicações, que teve de interromper seus trabalhos em uma narrativa cujo tema central era sobre um ser iluminado que, cerca de 2 mil anos atrás, seria mártir do estado romano, mas acabou sendo absolvido por alguma razão.

Recentemente, vi o filme *A Chegada*, baseado em *História de sua vida e outros contos*, de Ted Chiang, que tive o prazer de ler. Mais uma vez, a temática da chegada de alienígenas e a comunicação com eles se repete. A linguagem está de novo no centro do enredo, modificando profundamente a compreensão da própria existência. Recomendo o filme e o livro.

Nos casos mencionados de ficção há o reconhecimento da necessidade de mobilização para que se estabeleça uma linguagem comum que viabilize o diálogo. Por óbvio, quando não se fala o mesmo idioma e é preciso se relacionar, algo tem de ser feito.

Vivemos um momento em que um dos jargões mais utilizados corporativamente é a "Transformação Digital". Curiosamente, a maior parte das definições sobre o que venha a ser isso começa assim: "Transformação Digital é um processo…". Se você conhece um pouco sobre o que é processo vai concordar comigo sobre essa não ser uma definição adequada. Não se faz transformação digital de forma contínua e repetida, que são características dos processos. As consequências sim geram novos processos de trabalho e gestão.

Transformação Digital é um projeto que deve envolver a organização como um todo, partindo do propósito, passando pela estratégia e modificando o jeito de fazer. A tecnologia passa a ter papel central nas decisões, mas não deve, de modo algum, retirar o ser humano da equação.

Apesar de falarmos a mesma língua nativa, coisa da qual duvido tão somente quando escuto os meus filhos adolescentes conversando com seus amigos, a comunicação empresarial é repleta de gargalos. Particularmente, aqueles que viemos do mundo da tecnologia adoramos criar um linguajar próprio repleto de siglas e termos, com anglicismos em abundância, que apenas nós entendemos. Há a compreensão de que a linguagem gera poder e status. Quanto mais palavras e siglas estranhas conseguirmos produzir, mais seremos respeitados e idolatrados. Grande bobagem.

As organizações vivem, ou deveriam, para buscar constantemente seus propósitos. Esses, por sua vez, são, ou deveriam, ser nobres e com responsabilidade social. As áreas de negócio finalísticas, portanto, são a essência da organização. A tecnologia é meio, suporte para se atingir algum objetivo. É certo que, na economia digital, a tecnologia é parte integrante das áreas fins, no entanto nem tudo (ainda) é economia digital.

Nesse contexto, é fundamental reconhecer a necessidade de se criar um linguajar comum na organização, de forma que se possa utilizar adequadamente os avanços tecnológicos, que hora promovem ganhos incrementais, mas em outros momentos podem ser disruptivos. Por exemplo, uma estratégia de comércio eletrônico efetiva pode modificar o foco do atendimento presencial para um foco em distribuição. Uma digitalização de serviços públicos pode possibilitar ao cidadão uma interação muito mais plena com o Estado do que aquela que recebe indo de órgão a órgão para resolver um problema cuja solução deveria estar interligada e unificada.

Na concepção da minha principal iniciativa empresarial, já havia reconhecido esse desafio, motivo pelo qual tive a certeza de que não poderia falar "tecniquês" com os clientes. Era necessário encontrar um caminho que permitisse uma comunicação efetiva e garantisse que os investimentos efetuados realmente produzissem valor. Precisava convergir a área de negócios, a gestão, com a tecnologia. Era fundamental encontrar uma linguagem poderosa, reconhecida por ambos. Há época pensei que existisse uma, hoje, acredito serem duas.

A chave para essa convergência que adotamos desde o início foi a Gestão de Processos de Negócio (Business Process Management – BPM). Tanto o contexto da tecnologia da informação quanto o contexto do negócio reconhecem que a efetividade dos produtos e serviços oferecidos aos clientes dependem de um fluxo de trabalho estável, com pontos de decisão bem definidos, com responsabilidades claras. As organizações não podem ser erráticas, precisam apresentar um padrão de comportamento previsível, para seus clientes e também para seus colaboradores.

A segunda linguagem, que viemos descobrindo ao longo do caminho na prestação dos serviços, é a dos componentes estratégicos. Missão, visão, valores, propósito e depois, bem depois, a estratégia em si. A razão de existir de uma corporação tem uma força extraordinária, capaz de mover pessoas diferentes para um objetivo comum e necessariamente precisa nortear os processos organizacionais.

Sendo assim, caso você esteja ávido pela Transformação Digital, ao contrário de pesquisar as mais diversas opções tecnológicas disponíveis, cuide primeiro de encontrar um linguajar comum, de preferência orientado pelos componentes estratégicos e processos.

Inovação colaborativa

> *Ao posicionar a inteligência nas pontas ao invés do controle no centro da rede, a internet criou uma plataforma para inovação.*
> ——— VINT CERF

Na minha primeira viagem de avião após o início da crise provocada pela covid, fiquei positivamente surpreso com os procedimentos de desembarque adotados. Ao invés de todos se levantarem simultaneamente e ficarem espremidos naquele estreito corredor entre as cadeiras, foi orientado que apenas os ocupantes da primeira fileira se erguessem, pegassem seus pertences e desembarcassem, para só então prosseguir com a fileira seguinte, e assim, de forma sucessiva, até o completo esvaziamento da aeronave. Confesso que, não sei por qual razão, sempre fui daqueles que levantavam ansiosos, ficava me apertando no minúsculo espaço, geralmente sem conseguir me posicionar totalmente ereto. A nova perspectiva, bem mais agradável aos olhos e muito mais razoável para os passageiros, fez-me refletir sobre o imenso valor de se estabelecer a ordem.

Como os pensamentos nunca ficam soltos, conectei o evento ao mundo corporativo, mais especificamente à convivência pouco conhecida, mas absolutamente necessária, entre caos e ordem. Li sobre o tema pela primeira vez no livro *O Nascimento da Era Caórdica*, de Dee Hock, fundador e ex-CEO da Visa. A obra, dentre outros assuntos relevantes, retrata o aumento significativo da importância das organizações no mundo e uma paralela e indesejada diminuição da felicidade dos seus colaboradores. Ao criar a Visa, Dee Hock se desafiou a encontrar um novo modelo de gestão que permitisse a plenitude do sucesso empresarial aliado ao das pessoas envolvidas. Quebrou o modelo de comando e controle, gerências intermediárias e vários outros "vícios" históricos das grandes corporações. Basta o leitor olhar na sua carteira, onde provavelmente vai encontrar um cartão com a bandeira por ele idealizada, para constatar a vitória inconteste da marca. A leitura foi a principal inspiração conceitual para a criação da minha empresa de tecnologia[15].

A ordem que encontrei no desembarque é extraordinária para algumas atividades empresariais, mas é extremamente pobre para outras, em particular, para o processo criativo. A inovação requer interações mais livres, convivência entre pensamentos diferentes e até de um pouco do acaso. Não quero dizer que ela seja desorganizada ou não orientada. Sem uma estratégia consistente e consciente de busca da inovação, sem os recursos necessários, nada vai acontecer. A inovação deve ocorrer de forma deliberada.

A Tecnologia da Informação (TI) traz uma contribuição estupenda para o tema em várias facetas. Antes das *startups*, que ou são inovadoras ou não são nada, há um movimento ao meu ver muito mais importante e interessante, no convívio entre caos e ordem, que é a criação dos chamados softwares livres. Em 1984, um funcionário dos laboratórios de Inteligência Artificial do MIT – Instituto de Tecnologia de Massachusetts, Richard Stallman, deixou seu emprego para se dedicar ao projeto GNU[16]. A grande novidade nesse projeto de software é que, ao contrário do que se fazia até então, todo o código era aberto e compartilhado com quem tivesse interesse. Qualquer pessoa poderia se utilizar livremente do produto e, acima de tudo, qualquer programador da face da terra poderia apresentar suas contribuições e ser coautor da obra. Nasciam as comunidades de software livre que, ao longo dos anos, produziram softwares de altíssima qualidade, modificando paradigmas consolidados e provocando constantemente os *status quo* das empresas tradicionais de software.

Abro um parêntese, antes de continuar, por responsabilidade para com as posições de liderança que já ocupei em entidades locais e nacionais de TI, para esclarecer que, apesar de admirar e reconhecer as grandes contribuições dos softwares livres, nenhum país deveria ter como centro de sua estratégia de desenvolvimento do setor tais iniciativas. Em especial, é vital para o Brasil incentivar a criação, o fortalecimento e a disseminação mundial de software brasileiro. A política de compra pública adotada em alguns governos – que, no lugar de priorizar a nossa produção local, prestigiam o software livre – é, no meu ponto de vista, um imenso desserviço à nação.

Voltando ao tema, cito outro feito notável, cujo resultado me utilizo com alguma frequência como referência: a criação da Wikipedia. Atualmente, a versão em inglês possui mais de 6 milhões de artigos. Uma obra de arte feita por milhares de mentes de forma colaborativa. Retirei um dos trechos que comenta sobre a edição dos artigos, pela sua notoriedade, e grifei passagens relevantes:

> Não tenha medo de editar artigos. **Qualquer pessoa pode editar qualquer página da Wikipédia!** Clique no separador Editar no topo da página que quer melhorar. **Não é preciso credenciais especiais, nem registo prévio** (ver abaixo)[17]. A edição é livre, **mas com a liberdade vem a responsabilidade.** (grifo nosso)

Outra trajetória emblemática para o tema é a da Lego. No final dos anos 90, a empresa vinha perdendo espaço e entrou em uma fase de prejuízos. Dois fatores reergueram a marca aos patamares atuais: a descoberta de que seu público-alvo era também composto de adultos e a interação colaborativa e criativa com os seus clientes. Para se ter uma ideia, deve haver em torno de 80 LUG (clubes de usuários Lego) ao redor do mundo e, caso você seja um fã, pode sugerir brinquedos novos para a fabricante. A inovação, além de colaborativa, vem de fora!

Setores mais tradicionais, como o de mineração, também estão adotando estratégias similares. Se você souber manipular as informações disponíveis, incluindo imagens de satélite, e conseguir criar algoritmos que aumentem a probabilidade de se encontrar algum minério raro, você vai ficar rico. Claro que você pode optar por minerar Bitcoins, ao invés disso.

Em essência, resumo minhas palavras com a união de dois trechos do já mencionado livro do Dee Hock:

> O futuro não é feito de lógica e razão. É feito de imaginação, esperança e convicção.
> A concordância contém a essência do que é diferente e do que é comum. Se não houver diferença, não há com o que concordar. Com a concordância, vem pelo menos algum grau de comunhão.

Tio Chapéu

> *As pessoas que estão mais frequentemente corretas são aquelas que mais frequentemente mudam de opinião.*
> ──── JEFF BEZOS

Uma vez resolvi colocar um utensílio inusitado na cabeça para divertir uma sobrinha. Descobri que as crianças menores adoram esse gesto, o qual passei a fazer com sobrinhos e afilhados, variando amplamente as opções de objetos. Pode ser um livro, uma mochila, um guardanapo, um copo ou qualquer outra coisa estranha. Sempre o resultado é o mesmo: muitas gargalhadas. Por isso, vários deles passaram a me chamar de Tio Chapéu. Penso que alguns pequenos até esquecem meu nome, mas nunca se esquecem da alcunha.

Trocar de chapéu é uma atividade salutar. Significa olhar com outros olhos, expor seus pensamentos a uma perspectiva diferente da usual, deslocar seus pontos de referência e perceber novas alternativas. Pode significar empatia, perspicácia e até criatividade.

Em seu excelente livro *Os seis chapéus do pensamento*, Edward de Bono apresenta um método que objetiva tornar o debate de ideias mais organizado, rápido e produtivo. Em resumo, cada chapéu representa um modo de pensar:

Branco	Objetividade e neutralidade. Mostra fatos e números;
Vermelho	Sentimentos e intuição. Apresenta a visão emocional;
Preto	Cautela e espírito crítico. ponta os riscos de uma ideia;
Amarelo	Otimismo e esperança. Revela o pensamento positivo;
Verde	Crescimento fértil. Sugere criatividade e mudanças;
Azul	Visão geral. Refere-se à reflexão sobre o próprio pensamento.

O método proposto pelo autor provoca novos modelos de raciocínio e afasta preconceitos ao direcionar o pensamento dos participantes para um foco específico e ao fazer convergir perspectivas. Quando o decisor se desloca de uma condição preestabelecida e aceita novas visões, eventualmente se permite encontrar hipóteses que sequer havia concebido anteriormente.

Uma ilustração interessante, que o leitor pode experimentar, é apresentar para duas pessoas uma mesma figura, de forma simultânea, desenhada em lados opostos de uma folha de papel, colorida com cores diferentes, mas capazes de gerar alguma interpretação, como, por exemplo, tons de verde e azul. A discussão que vai se seguir será deveras interessante; cada participante tentando convencer o outro do seu ponto de vista, sendo que a realidade percebida é distinta para cada um. Ao mostrar o outro lado do desenho – ao se trocar o chapéu –, possivelmente, a convergência logo vai se estabelecer.

Felizmente, notícias recentes apontam para uma primeira desaceleração do número de contágios pela Covid-19. Os desafios de recuperação da economia são enormes e é preciso um esforço conjunto para superá-los. Precisamos pensar e agir como nação, evitando posições mesquinhas de interesse meramente pessoal. Temos que nos livrar de pensamentos cristalizados, oriundos tão somente de preconceitos e julgamentos massificados pela mídia.

Nesse sentido, por exemplo, qualquer iniciativa que venha combater a pobreza extrema e a fome deve receber aplausos. Pouco importa se ela é oriunda do governo Lula ou do Bolsonaro. Pouco importa o viés da ideologia política envolvida. A solidariedade humana é que deve prevalecer. Se o programa de distribuição de renda permitir diminuir a desigualdade nesse período tão conturbado, vamos apoiá-lo. Não consigo e, portanto, jamais proporia, ter uma postura ingênua. Todo projeto dessa magnitude precisa ser financiado adequadamente e não se pode incorrer no erro de ocasionar dependência eterna. É necessário criar dispositivos para que o programa incentive a qualificação, a geração de emprego e de renda. É essencial uma solução técnica, bem estruturada e que respeite as disposições legais, sendo inadmissível uma saída com olhar majoritariamente eleitoreiro. Mas, fundamentalmente, não se pode combater as providências adotadas meramente por questões políticas, de interesse pessoal ou momentâneo. É deplorável qualquer oposição destrutiva apenas para cumprir o papel de oposição.

O impacto orçamentário das medidas propostas é gigante, motivo pelo qual aumentar arrecadação e diminuir outras despesas é vital. Dinamizar a economia e gerar empregos, também. Caso você esteja ouvindo bastante as notícias e opiniões propaladas pelas mídias, dependendo do chapéu que você usa de forma habitual, provavelmente já se aliou a alguma proposição. Tributar grandes fortunas e os lucros das empresas, alterar as tabelas do imposto de renda, acabar com as desonerações da folha de pagamento e ampliar a reforma administrativa, diminuindo as despesas com servidores públicos, são as preferidas pela maioria.

A propósito, se você não usa o chapéu de bilionário e nem de empresário, certamente as proposições que atacam esses "capitalistas desumanos" lhe parecem sensacionais. Da mesma forma, se você não é servidor público, deve ser fã de carteirinha da ideia de cortar todos os benefícios desses "privilegiados". Espero que o leitor tenha compreendido a longa introdução falando dos chapéus e perceba o fato de, tanto uma posição quanto a outra, simplesmente consolidar uma visão preconcebida e, na maioria das vezes, equivocada.

Obviamente que tributar onde há mais dinheiro faz sentido, como otimizar a máquina pública faz sentido. Reduzir as diferenças de benefícios entre empregados públicos e privados, também. Ocorre que tributação adicional para quem já se tributa muito é péssimo. As empresas no Brasil possuem uma carga tributária descomunal. O mais cruel e pernicioso desembolso são os excessivos encargos sobre a folha de pagamento.

A solução é atacar fortemente aqueles que sonegam – uma soma de cerca de R$ 626,8 bilhões por ano, segundo o

Sindicato Nacional dos Procuradores da Fazenda Nacional (SINPROFAZ) –, simplificar a tributação, prover segurança jurídica e agilidade para as atividades empresariais, desonerar a folha de pagamento e trabalhar duro para tornar a máquina pública mais eficiente. Para isso ser feito, dependemos de reformas urgentes. Tanto a tributária, quanto a administrativa. As eleições de novembro não poderiam ser motivo para se adiar esses movimentos por objetivos meramente eleitoreiros.

Conforme já aprendemos com as operações policiais, que desvendaram falcatruas gigantescas mundo afora, o essencial é seguir o fluxo do dinheiro. Essa lição deveria ser absorvida pela sociedade, que precisa entender, de uma vez por todas, que o imposto sobre a movimentação financeira não é o vilão, mas um poderoso instrumento para tributar quem sonega. Adicionalmente, a circulação de vultosas quantias de dinheiro em espécie deve ser combatida enfaticamente, de forma a fazer com que transações de grande monta sejam sempre oficiais e tributadas.

Nesse contexto, a Tecnologia da Informação tem sido uma importante aliada, criando novos modelos de pagamento e transferências financeiras, ao mesmo tempo em que permite rastreabilidade e transparência. Nenhuma fraude resiste a um cruzamento bem feito de informações.

Meu convite, neste momento de virada da economia, é que você se permita trocar de chapéu. Experimente posições novas, perspectivas diferentes, pontos de vista alheios. Vamos deixar um pouco de lado nossas ideologias partidárias, nosso individualismo e aquela arraigada (e malfadada) Lei de Gérson[18], para nos unirmos na busca das melhores soluções para o Brasil.

Reconheça o acaso

*O sucesso é um péssimo professor.
Ele seduz pessoas inteligentes a
pensar que não podem perder.*
──── BILL GATES

Quem participa de reuniões virtuais comigo conhece minhas preferências pelo Zoom, em detrimento, principalmente, ao Microsoft Teams. Minha avaliação é que o primeiro possui uma interface mais intuitiva, melhor usabilidade, uma simplicidade que eu aprecio. O segundo tenta ser integrado demais, complica demais, é pesado demais. Tudo é demais no Teams. Em síntese, o time de desenvolvimento do Zoom, para mim, foi mais competente do que o da Microsoft.

Certamente, o leitor pode atribuir o sucesso e a imensa valorização da empresa Zoom ao excelente produto homônimo, eu, no entanto, considero que há outro fator mais relevante: a sorte! Se quiser, pode chamar de acaso, de aleatoriedade, ou de qualquer outra coisa que explique os desdobramentos dos fatos. Se não houvesse a pandemia, eles não chegariam onde estão. A abrupta mudança do modelo de reuniões, do presencial para o on-line, era imprevisível e imensurável. Os softwares estavam prontos e com qualidade, porém nenhum plano de negócios poderia prever um evento tão atípico.

Casos mundiais, com cifras de bilhão, são analisados fartamente, mas a realidade dos pequenos negócios, mais comuns e que geram prosperidade na base do tecido social, traz pouca visibilidade. Por exemplo, eu tenho um conhecido dono de um pequeno supermercado. As coisas não iam lá muito bem, entretanto vocês podem imaginar que os efeitos da covid foram muito positivos para ele, sob o estrito aspecto econômico. Existem muitos setores que prosperaram com os acontecimentos recentes, nenhum deles podia prever o que ocorreu. Outros tantos, em maior número, sofreram prejuízos enormes e muitas empresas foram à falência. Por certo, não foi falha nem mérito do planejamento estratégico.

Você pode estar relutando em aceitar o acaso, argumentando que as empresas melhor preparadas estão conseguindo superar os desafios. Apesar de ser verdade, o imponderável influenciou de forma significativa o desempenho geral. Em suma, a questão não é retirar o mérito de quem o tem, tão pouco atribuir o sucesso exclusivamente à sorte, mas sim perceber que é preciso reconhecer o acaso como um fator relevante nas nossas vidas.

A melhor referência que conheço sobre o assunto é o livro *O Andar do Bêbado*, cuja leitura considero imprescindível. O autor, o físico Leonard Mlodinow, que, entre outras coisas, já colaborou com as séries *MacGyver* e *Jornada das Estrelas*, discorre sobre a incidência de fatos aleatórios em nossas vidas e como a maioria das pessoas é incapaz sequer de compreender a realidade. Com base na matemática e estatística, Mlodinow conduz o leitor para a reflexão sobre uma enormidade de situações que desafiam o entendimento geral sobre o mundo.

Um dos capítulos mais interessantes tem o título *Rastreando os caminhos do sucesso*, nele o autor explora um aspecto extremamente relevante em relação à performance dos executivos. É tentador associar o sucesso ou o fracasso de um empreendimento à habilidade do seu líder. Evidentemente, melhores líderes possuem, em geral, resultados melhores, mas isso pode não ser verdade em circunstâncias específicas. Há casos de sucessos explosivos que ocorreriam com um grande espectro de diferentes lideranças, simplesmente porque o acaso bateu à porta. O mesmo vale para o contrário.

Sempre que se observa um pequeno número de eventos, o acaso é um fator relevante. Um acidente automobilístico, isoladamente, pode ser fruto exclusivo de uma situação imponderável, no entanto, motoristas mais prudentes sofrem menos acidentes, caso se analise um grande número de ocorrências.

Qualquer pessoa pode ganhar uma fortuna ou perder o emprego se estiver no lugar certo (ou errado), na hora certa (ou errada). Conheço várias histórias, de um lado e de outro. Há uma anedota interessante no mundo corporativo que ilustra esse ponto. Uma grande companhia contratou um novo diretor comercial. Ele chegou com a missão de aumentar a força de vendas e os resultados da empresa. Para tanto, foi determinada a contratação de novos dez gerentes comerciais. Ele chamou o pessoal de Recursos Humanos e definiu o perfil que queria. Como a situação era muito relevante, pediu pelo menos 50 currículos que atendessem o desejado. O RH faria a seleção preliminar, entrevistaria os candidatos até ficar apenas aqueles equivalentes para a decisão final do diretor. Após a conclusão do trabalho, e considerem que a piada é antiga, o RH levou os 50 currículos para o diretor. Ele pegou todos e, sob o olhar perplexo do seu interlocutor, retirou dez currículos ao acaso e mandou contratar. Quando foi indagado sobre suas razões, o diretor falou: "Somente trabalha comigo quem tem sorte!"

O acaso é poderoso e incompreendido. Avaliar pessoas ou situações isoladas atribuindo os resultados apenas a sorte, azar, habilidades ou comportamentos específicos é, no mínimo, incompleto. É preciso compreender, reconhecer e saber lidar com o acaso. A velha máxima de que a sorte é o encontro da preparação com a oportunidade, continua verdadeira. Assim como a frase: "quanto mais eu trabalho, mais sorte eu tenho". Estar preparado e trabalhar muito são fundamentais, só não se esqueça que você ou seu vizinho podem simplesmente ter ganhado na loteria.

Navalha de Occam

*A coisa mais incompreensível sobre o
universo é que ele é compreensível.*
——— LEONARD MLODINOW

Meus vários amigos de universidade, em especial aqueles que se decidiram por carreiras em áreas sem a predominância das ciências exatas, sempre nos acharam – matemáticos e afins – seres "incomuns". Uso essa expressão no intuito de suavizar a terminologia realmente empregada pelos meus contemporâneos, com o objetivo de registrar as boas maneiras que possuíam, mas nem sempre verbalizavam.

Para eles, por exemplo, soava completamente estranho quando comentávamos que uma solução para um problema era "elegante". Como é possível encontrar elegância em uma porção de números e letras que não guardam nenhuma correlação com a realidade? Se há época tivéssemos tido a oportunidade de estudar filosofia, disporíamos de um repertório adequado para responder à perplexidade dos nossos companheiros.

A defesa da simplicidade na explicação dos fenômenos naturais se iniciou com Aristóteles. A abordagem ficou conhecida como Princípio da Parcimônia, cuja representação mais comum é: "As entidades não devem ser multiplicadas sem necessidade". Isso significa que qualquer elemento adicional ao estritamente necessário deve ser desconsiderado nas explicações de um fenômeno. Em outras palavras, se há várias formas de provar qualquer hipótese, deve-se optar pela mais simples, a que contenha um menor número de entidades.

Guilherme de Occam, um frade inglês do século XIII, utilizava-se de forma tão enfática do conceito que o princípio passou a ser identificado com o seu nome. A ideia de "Navalha" veio séculos depois como analogia para indicar a necessidade de "cortar" o supérfluo.

Uma solução elegante, quando nos deparávamos com os desafios do universo dos números, era aquela que esbanjava simplicidade. A beleza e o poder de explicar muito com pouco. O princípio me acompanhou nos tempos de programação. Escrever um algoritmo elegante é justamente escrever da forma mais simples e eficiente possível. Os profissionais com autoridade reconhecida da área sabem distinguir os codificadores competentes daqueles que não são justamente pela clareza e eficiência das linhas de código utilizadas. Menos é mais.

Até a própria língua escrita obedece ao mesmo conceito. De certa feita, durante o período compreendido entre as guerras mundiais, dois correspondentes trocavam cartas em uma colaboração científica, que se transformou em amizade. A carta final de um deles fugiu ao padrão. O remetente soube que sua casa seria invadida e teve de escapar apressado. A missiva enviada ao amigo, após a narrativas dos fatos, tinha uma curiosa observação final: "Perdoe-me pela carta longa, não tive tempo de escrever uma curta". Na realidade, a autoria da frase é atribuída ora a Blaise Pascal, ora a Voltaire, ora a René Descartes, ora a Mark Twain. Possivelmente não é de nenhum deles.

A ideia também é extremamente poderosa quando se pensa em procedimentos organizacionais. Simplicidade e eficiência são palavras de ordem. Em linhas de produção, onde cada centavo de custo é multiplicado milhares de vezes, a parcimônia prevalece. A navalha ainda precisa alcançar com ênfase as demais áreas, em especial quando o cliente é o cidadão.

Ressalte-se que o princípio não afirma serem possíveis e corretas apenas as soluções simples. Há fenômenos que requerem maior complexidade para sua explicação ou tratamento. No entanto, se há opções distintas, a mais sintética deve ser adotada.

Uma decorrência do enunciado serve para quando você está buscando compreender um fato. Em geral, as explicações mais simples são as mais prováveis, motivo pelo qual as teorias da conspiração requerem cautela. Conexões mirabolantes devem ser substituídas por hipóteses mais fáceis, mais factíveis. Eu sei, é tentador imaginar que o vírus da Covid-19 foi criado em laboratório como uma estratégia de dominação da economia mundial por parte da China, contudo é muito mais provável que não.

Vale o mesmo nas relações humanas. Antes de conjecturar sobre milhares de possibilidades para explicar a reação de uma pessoa, opte pela mais singela. Pode lhe parecer que alguém tenha mudado de comportamento com você, esteja agindo de maneira estranha, esteja lhe tratando de forma diferente sem motivação. É bem capaz que seja uma questão particular do outro e não uma mudança em relação a você. Ao invés de supor, pergunte para a pessoa o que está ocorrendo. A Navalha de Occam nos sugere uma vida mais leve. É apenas um princípio, em termos científicos, mas para a vida deveria ser uma lei.

Devíamos aprender com os guias turísticos

Eu sou aquela mulher que fez a escalada da montanha da vida, removendo pedras e plantando flores.
—— CORA CORALINA

Nesse final de semana, estive em Florianópolis/SC, para um evento promovido pelo resort Costão do Santinho. A pandemia impingiu severos desafios ao setor de turismo, o que pode ter levado à falência muitos empreendimentos. O Costão, no entanto, é um estabelecimento sólido, reconhecido nacionalmente. Sentiu sim os impactos como os demais, mas, ao contrário de apenas reclamar da situação, promoveu uma reflexão que trouxe alternativas até então não contempladas. Ao invés de explorar somente seus espaços internos, a covid fez os administradores pensarem sobre a possibilidade de arenas alternativas, em locais externos. Assim, foram criadas estruturas que permitem a você usufruir do seu evento ao som das ondas do mar, da brisa da região e ouvindo os pássaros ao fundo. Pode, também, estar próximo da floresta com seus encantos.

A tecnologia, como sempre, entrou em cena. Para ter um espaço de eventos vizinho a, por exemplo, áreas de lazer, as palestras são transmitidas diretamente a um aparelho receptor, que sintoniza vários canais, e acompanhadas por fones de ouvido individuais. Dessa forma, o animador da hidroginástica da piscina ao lado pode fazer seu trabalho sem se preocupar com qualquer interferência no evento. Os desafios foram transformados em novas oportunidades de negócios. Além de ampliar a variedade, e, por consequência a atratividade, aumentaram a capacidade de conferências simultâneas, o que ao longo dos anos trará mais resultado comparado ao cenário anterior.

Os serviços impecáveis, que estiverem presentes em toda minha estada, começaram com o transporte do aeroporto para o hotel. Fomos acolhidos pelo Sr. Ronaldo, que, além de nosso motorista, mostrou-se um verdadeiro guia turístico. Como tal, a cada ponto da bela ilha, ele fazia suas observações entusiastas. Não nasceu ali, é paulista, mas vive no local por mais de 20 anos. Já se considera um nativo, um "manezinho", como carinhosamente são chamados os nascidos por lá.

Devíamos aprender mais com esses profissionais; eles detêm a extraordinária característica de apresentar, repetidamente e com ânimo, os pontos fortes da sua terra. Conseguem transformar a construção de um mero shopping em um verdadeiro marco de desenvolvimento econômico. Contemplam suas reservas e belezas naturais, conhecem as histórias dos homens e mulheres da região, sabem da origem de cada monumento, de cada cor da aquarela. Conhecem, inclusive, os nomes dos ilustres que supostamente moram nos condomínios de luxo da região. Os famosos emprestam credibilidade para os empreendimentos imobiliários. Curioso, nesse quesito, que alguns mais conhecidos, como Luciano Huck e Xuxa, possuem tantas propriedades que eu já perdi as contas.

Muitas vezes, na nossa correria do dia a dia, deixamos de apreciar os pontos positivos da nossa cidade, da nossa empresa, da nossa família. O cotidiano, por vezes, faz com que nosso foco se vire para os defeitos ao invés das virtudes daquilo que amamos.

Voltando ao nosso tour, sendo eu do setor de Tecnologia da Informação (TI) e conhecendo o fantástico desempenho das empresas de Santa Catarina, em especial de Florianópolis, onde estávamos, perguntei ao guia sobre quais eram as vocações econômicas da região. Sem pestanejar, mencionou o ramo da TI, que já superava o setor de turismo. Não demonstrei qualquer conhecimento sobre o assunto e ele continuou a mencionar empresas, parques tecnológicos, estabelecimentos de ensino, principalmente a universidade, e entidades da área. Falou sobre os bons salários pagos pelo setor e da potência que é o estado e a cidade.

Tive orgulho. Há em mim um senso de pertencimento ao setor pelos muitos anos dedicados voluntariamente a ele, além de ser empresário da área. Possuo uma forte crença de que esse é o futuro do Brasil. Louvo o agronegócio e os resultados trazidos constantemente para o país, assim como também outros nichos econômicos de grande vulto, tais quais os relacionados ao petróleo, aos minérios, à indústria de transformação. Mas não podemos colocar nosso destino exclusivamente nas mãos de *commodities*. O mercado mundial controla as *commodities*, não nós. As sociedades mais prósperas e autônomas precisam ter como base da economia o conhecimento. O sucesso da área, no entanto, depende de planejamento e de políticas públicas adequadas.

Santa Catarina não está aí por acaso. Lembro-me, desde o começo da década de 90, das delegações "barrigas-verdes" em feiras importantes, a exemplo da saudosa Fenasoft. Estavam lá, animados, trazendo inovações, cooperando, com o apoio de entidades como o SEBRAE e dos governos estaduais e municipais. Fizeram seu próprio caminho pensando no longo prazo. Sinto-me lisonjeado de conhecer alguns desses valentes desbravadores do setor no estado e tenho a honra de poder chamá-los de amigos. Hugo Dittrich, Victor Kochella, Gerson Schmitt e Daniel Leipnitz são alguns dos protagonistas dessa história de sucesso. A eles, e a tantos outros, rendo minhas homenagens e meus aplausos.

Meu desejo é que possamos apreciar constantemente o que existe de bom em torno de nós, como fazem os guias turísticos, e que possamos ter a mesma capacidade desses heróis de Santa Catarina de transformar, com planejamento e trabalho árduo, nosso futuro em algo de tanto sucesso quando o setor de Tecnologia da Informação catarinense.

Futuro do passado

> *O dia a dia já não é mais reconhecível – a realidade virtual e a inteligência artificial alavancam todas as partes da vida humana no mundo inteiro.*
> ──── SINGULARITY UNIVERSITY

Os amantes da língua portuguesa, possivelmente, já fizeram a conexão do título com os tempos verbais estudados na escola. O futuro do pretérito do indicativo é utilizado quando queremos expressar algo que poderia ter acontecido após alguma situação passada. Por exemplo, caso você tivesse ganhado na megasena, você **estaria** na praia. De certa forma, projeta futuros possíveis como consequência de fatos que não ocorreram.

A previsão do futuro é um dom cujo ápice se encontra nos autores de ficção científica. Muito mais do que em qualquer cientista, técnico ou especialista. Os escritores têm um grau de liberdade maior de pensamento, porque não precisam demonstrar que suas previsões sejam factíveis. Quando narram viagens espaciais em velocidade superior à da luz, não têm nenhum compromisso em demonstrar que isso é ou será viável. Esse livro pensar, a meu ver, possui um papel fundamental na evolução da ciência, pois estimula estudos e pesquisas em direções que, sem os ficcionistas, talvez não ocorressem.

Alguns dos mais famosos fizeram previsões verdadeiramente fascinantes no passado, as quais já se transformaram em realidade. Arthur C. Clarke previu a internet, as telecomunicações, cirurgias remotas, Inteligência Artificial (IA) e muito mais. Encontrei, vasculhando pelos sites de buscas, um vídeo de 1974 com essas previsões. Isaac Asimov, por sua vez, imaginou, bem antes de acontecer, o micro-ondas em nossas cozinhas, a fibra ótica, a internet (assim como Clarke), os microchips, as TVs de tela plana e tantas outras inovações. Mencionei, em artigo anterior, que quem quisesse se aprofundar em IA deveria ter como leitura obrigatória as Três Leis da Robótica e as várias histórias criadas por Asimov sobre elas. Uma riqueza sobre os impactos na humanidade do cérebro positrônico, denominação utilizada por ele.

O filme *De Volta para o Futuro* também merece destaque, porque trouxe vislumbres sobre nossas vidas atuais. Drones, óculos de realidade virtual, ligações por vídeo, biometria, casas inteligentes são exemplos onde a criatividade se materializou. Por outro lado, a produção cinematográfica errou em relação ao carro voador, ao conversor de energia, à jaqueta tecnológica e, principalmente, na essência da história, à viagem no tempo.

A propósito, não conheço nenhuma teoria minimamente aceitável sobre viagem no tempo. Os autores adoram, mas sempre caem em ciladas inescapáveis, tornando os enredos sem sentido. A única exceção, que preserva a solidez da história, é um conto antigo, chamado Ondulações no Mar de Dirac, de Geoffrey A. Landis. Nesse caso, o inventor da máquina do tempo consegue voltar ao passado, porém nenhuma de suas ações possuem qualquer influência sobre o presente, o que evita as contradições corriqueiras do tema.

Em *Star Trek* há um grande conjunto de previsões que ainda não ocorrem, embora tenham sido projetadas para um futuro mais distante. É o caso do teletransporte, dos escudos de energia, dos sintetizadores de alimento, do tradutor universal simultâneo, além do universo povoado por diversas raças alienígenas inteligentes. Gene Roddenberry, o criador dessa magnífica obra de ficção científica, por sua vez, teve vários acertos, dentre os quais os mais citados são o celular, o computador pessoal, o tablet, a tomografia e a ressonância, o GPS, as memórias USB e as telas planas gigantes.

Pandemias também já foram alvo de inúmeras obras, com maior ou menor influência na sociedade. Claro que fizeram mais sucesso aquelas com cenários apocalípticos. O fato é que, se somarmos as criativas mentes do século XX, precisaremos admitir que, quase em sua integralidade, vivemos hoje um mundo bem parecido ao previsto por eles. Vivemos o futuro do passado. Faz tempo que não encontro elementos realmente originais de inovações para o futuro, que até então não tenham sido antecipados por esses gênios ficcionistas. Vejo derivações, particularidades, consequências sociais, mas nada efetivamente inédito. Talvez ainda vivamos mais algumas décadas no futuro do passado e apenas teremos um vislumbre de um futuro do presente quando as previsões forem feitas pelas IAs. No entanto, se você não é fanático por ficção científica e quer saber de previsões com maior base em pesquisas e estudos, pode procurar na internet o que diz a Singularity University.

A previsão mais distante é para 2038, justamente aquela que cito no preâmbulo deste artigo, e estou apostando que vai ocorrer por volta de 2050. Quem viver verá.

Uma semana especial para a TI

> *... mais um desafio que busco enfrentar, com o objetivo de ajudar a cultura efetiva de tecnologia da informação no Brasil, para criar bases firmes para o desenvolvimento econômico sustentável.*
> ——— ANTONIO FÁBIO RIBEIRO

Tanto a sigla TI, utilizada em geral para indicar Tecnologia da Informação, quanto o próprio nome sempre soaram estranhos para mim. Gosto mais da palavra "informática". As definições dos dois termos variam um pouco, dependendo da fonte, mas o fato é que procuram dar significado ao mesmo conjunto de atividades. Independentemente da terminologia, os softwares e hardwares já invadiram nossas vidas. Internet, redes sociais, troca de mensagens instantâneas, soluções de videochamadas, aplicativos para lazer e negócios são corriqueiros. Entraram sem pedir licença e vieram para ficar.

A semana que passou, no entanto, teve um sabor diferente, porque a TI foi centro de inúmeros episódios significativos na sociedade brasileira e mundial. A invasão dos sistemas do Superior Tribunal de Justiça (STJ) por hackers paralisou o órgão por alguns dias. Tentativas equivalentes foram feitas contra o Ministério da Saúde e a Secretaria de Economia do Distrito Federal. Sabe-se lá quem mais foi alvo dessas abordagens criminosas. O alerta e as precauções devem ser redobrados daqui para frente, porque a sociedade começa a compreender que os serviços públicos são melhores quando digitais, mas, em contrapartida, ficamos dependentes da TI.

Outro acontecimento histórico ocorreu no Supremo Tribunal Federal (STF), felizmente não relacionado a ataques cibernéticos. Há bastante tempo, corria na corte suprema um debate a respeito da correta tributação sobre software. A tese defendida pelos estados é que o imposto adequado a incidir seria o ICMS – Imposto sobre Circulação de Mercadorias e Serviços. É claro que a defesa ocorreu muito menos por crença na correção da tributação e muito mais porque esse é um fator de arrecadação estadual. O ISS – Imposto sobre Serviços de Qualquer Natureza, que sempre incidiu e, pela decisão do STF, continuará incidindo, é um tributo municipal. Vitória do setor e vitória do país.

Já no Congresso Nacional, deputados e senadores derrubaram o veto presidencial que encerrava com a desoneração (maldito nome!) da folha de pagamento de vários setores, no que se refere ao recolhimento do INSS, dentre eles o de TI. Fiz a observação sobre a infelicidade do termo "desoneração" por esse causar a impressão equivocada de que o setor não quer pagar seus tributos. Na verdade, o que sempre houve foi uma troca de quando e onde incidir o encargo. O modelo atual, mantido até final de 2021, é muito mais adequado aos informáticos, porque incide sobre o faturamento da empresa, enquanto o modelo anterior incidia sobre a folha de pagamento. Como nosso principal elemento de gastos são pessoas, e considerando que os salários de profissionais de TI superam o dobro da média nacional, segundo o IBGE, arcávamos com custos desproporcionais na fase de investimento para criação de novas tecnologias. Ainda há o problema da "PJtização" – contratação de Pessoas Jurídicas como se fossem colaboradores, mecanismo utilizado para fugir dos astronômicos encargos sobre a folha. Muitas empresas do setor tiveram que recorrer a essa prática com o intuito de se manterem viáveis. Quando o INSS passou a ser cobrado no faturamento, ficou mais barato contratar e houve uma geração enorme de empregos formais, que estavam em risco se não fosse a derrubada do veto.

A eleição nos Estados Unidos trouxe o setor mais uma vez para o centro do debate, em especial em nosso país. Isso porque a Justiça Eleitoral brasileira protagoniza um procedimento eleitoral muito mais seguro e eficiente do que o americano. Apenas cinco horas após o pleito, já tínhamos resultados oficiais definitivos. Em nenhum momento do voto eletrônico houve qualquer evidência de erro na apuração. As lendas sobre fraudes e as teorias da conspiração sobrevivem apenas no imaginário popular ou no discurso daqueles com interesses políticos. Depender de contagem manual de votos, como se faz até hoje nos EUA, é se submeter a um processo que, no mínimo, gera espaço para o erro humano. Considerando o poderio dos candidatos à Casa Branca, não é de se duvidar que esquemas de fraude, de parte a parte, podem ter ocorrido. Ainda há um outro elemento vinculado ao episódio: o poder das redes sociais na influência do voto. Para uma grande parcela da população, em especial a mais jovem, a principal fonte de informação é a internet. No processo eleitoral anterior, ocorreu o acesso do perfil de mais de 50 milhões de pessoas, pela empresa Cambridge Analytica, que recebeu as informações do Facebook. Uso abusivo de dados pessoais, violação nítida de direitos individuais, com o poder de ter influenciado o resultado. Há quem afirme que o fato foi decisivo para a vitória de Donald Trump em 2016. Ironicamente, no pleito atual, em função dos posicionamentos do presidente, há acusações de as redes sociais terem interferido severamente no resultado contra ele. Desta maneira, o ganhador das duas últimas eleições americanas pode ter sido o mesmo: o Facebook. O pior é que não existe cláusula que impeça a reeleição de empresas por períodos consecutivos.

Espero que a percepção de nossas vidas estarem entranhadas e dependentes da TI fique cada vez mais clara para a sociedade. Eu, por exemplo, tive que interromper a produção deste texto para ver a demonstração da minha filha mais nova, Camila (11), performando com sua mais recente aquisição: uma Alexa! Sobre a perspectiva do indivíduo, a TI traz enormes possibilidades, mas, sobre o ponto de vista da nação, deve trazer também grandes responsabilidades. O Brasil precisa entender que, ou dominamos a criação de tecnologias da informação, como no caso das eleições, ou seremos escravizados pelos países que as produzem.

O futuro é analógico

*A vida é mais do que o simples
aumento de sua velocidade.*
―― MAHATMA GANDHI

O mundo está cada vez mais "digital", embora o significado da palavra não seja compreendido pela maioria das pessoas. É o tipo de conceito que se impregna na sociedade por inércia. Sempre que algo se refere a computadores, internet, celulares, dizemos que é "digital" e pronto, todos entendem. Banco digital é um banco que se utiliza da internet, uma câmera fotográfica digital é aquela do celular – como é do celular, é "digital", simples assim. Por outro lado, algumas referências analógicas, tais quais os discos de vinil, só existem para os colecionadores; fitas cassete e gravações em VHS ou 8mm são apenas lendas para a geração mais nova.

A palavra "digital" vem do latim *digitalis* e se refere aos dedos, como no caso de impressões digitais. Assim como as crianças, a humanidade começou a contar usando as mãos, de forma que "digital" se associou a dígitos, no sentido de números. Digitalizar, portanto, é representar a realidade em números, porém não qualquer um, em especial, quando estamos falando de Tecnologia da Informação. Visto que os computadores foram idealizados com código binário (0 e 1), desligado e ligado, as representações iniciais eram limitadas.

Em matemática, o que é analógico é contínuo e o que é digital é discreto. Significa que, se você pensa em dar uma nota analógica para algo, digamos de 0 a 10, você pode pensar em todo e qualquer número no intervalo: 0, 1, 5, mas também 8,34768547, π, $\sqrt{2}$, 1/3, ou qualquer outro número racional ou irracional. No entanto, a mesma avaliação se fosse digital poderia incluir apenas 0, 1, 2, 3, 4, 5, 6, 7, 8, 9 e 10, ou seja, números inteiros. Um gráfico analógico é desenhado por curvas, enquanto um digital pontos e retas.

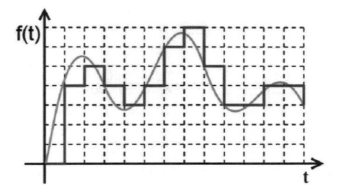

Continuando os exemplos, imagine que você decida ir para a cozinha fazer uma saborosa refeição. Se você for como minha mãe, dona Geny (89), será um exímio cozinheiro "analógico". Isso porque minha mãe define as quantidades pelo sabor que ela está sentindo durante o preparo da comida. A experiência de anos trouxe uma maestria de compreender o gosto, o cheiro, a textura, o aspecto daquilo que está cozinhando e permite que ela faça os ajustes necessários para uma sempre deliciosa comida caseira. Se você, no entanto, possui um restaurante, ou participou de um bom curso de gastronomia, é possível que se incline mais para o lado "digital". Você mede cada ingrediente de forma precisa, eventualmente com uma balança, e segue a receita passo a passo, usando exatamente aquilo que está escrito. Uma robotização adequada para cozinhar de forma a criar um padrão.

As fronteiras do digital estão se ampliando, uma vez que as técnicas e capacidades computacionais avançam. Aquilo que se repete, que é mera e facilmente reproduzido por zeros e uns, vai se tornando cada vez mais domínio do artificial. Ao mesmo tempo que a digitalização cria avanços, nos campos mais diversos, traz desafios em relação à substituição progressiva das atividades humanas pela máquina. O futuro dos computadores é evoluir mais e mais, ganhando cada vez maior espaço na sociedade. Por sua vez, o futuro da humanidade precisa ser cada vez mais analógico, dedicado àquilo que não é alcançado por algoritmos. Os sentimentos, o acolhimento ao próximo, o aconselhamento, o cuidar, o tratar adequadamente, o apreciar a beleza e até o julgar são elementos analógicos que nos caracterizam.

Durante anos, nos reunimos aos domingos para apreciar a comida da minha mãe, sempre um momento especial. Ela ainda cozinha divinamente bem, e espero que continue assim até ultrapassar o seu centenário, no entanto agora sou eu que estou cozinhando aos domingos, pois o trabalho de fazer almoço para uma família grande já é demasiado para ela. Não tenho nenhuma esperança de cozinhar nem perto do que minha mãe consegue, mas, desde que comecei, tomei uma decisão: sempre serei um cozinheiro analógico!

CriptograCIA

> *Não podemos mudar algo que não percebemos; mas, depois que percebemos, não podemos deixar de mudar.*
> ——— **SHERYL SANDBERG**

O trocadilho "criptograCIA" é inspirado em notícia veiculada no O Globo[19], da qual tomei conhecimento pela minha amiga Maria Luiza Reis, presidente da Assespro-RJ. Na matéria se conta como a agência americana CIA se apropriou de uma empresa suíça de tecnologia, chamada Crypto AG, que vendeu produtos de criptografia – para áreas estratégicas de segurança – aos principais países do mundo. Cento e vinte no total!

Uma verdadeira jogada de mestre que durou mais de seis décadas e permitiu aos Estados Unidos uma vantagem competitiva extraordinária ao obter informações, que deveriam ser secretas, de outras potências. A trapaça foi revelada ao mundo em fevereiro deste ano pelo Washington Post e repercutiu na mídia. Talvez, em função da pandemia, tema dominante nos veículos de imprensa em 2020, a notícia não tenha sido tão explosiva como deveria ter sido, pelo menos no Brasil, que se utiliza dos produtos "contaminados" em algumas plataformas de defesa, inclusive em submarinos do programa Prosub.

A empresa que foi controlada pela CIA desenvolveu equipamentos e softwares utilizados para comunicações sigilosas. A neutralidade da Suíça foi um elemento chave para o sucesso das vendas. Uma tecnologia de segurança vinda de uma potência neutra tem o poder de encantar qualquer comprador.

Conversar secretamente está no imaginário popular da humanidade. Desde a infância, inventamos pequenos truques e códigos para nos comunicarmos sem que outros conheçam o conteúdo, como é o caso da "Língua do P", uma variação da linguagem falada onde se acrescenta a letra "P" antes de cada sílaba, acompanhada pela vogal da própria sílaba (e eventualmente a consoante que a acompanha no caso de "R", "S", "L", "M", "N", "Z"). Dessa maneira, por exemplo, transformamos a frase: "Segredo é fundamental" para: "PesePregrePodo Péé PunfunPaDaPenmenPaltal". Se você conseguir falar rápido e o ouvinte estiver com o ouvido treinado, possivelmente você poderá dialogar com seu interlocutor em público sem que os outros compreendam. A brincadeira fica muito mais interessante, sob o aspecto conceitual, quando se descobre que não é limitada à nossa cultura. Portugal faz o mesmo, e talvez tenhamos herdado de lá. Os países de língua hispânica possuem uma variação chamada "jeringonza", bem como existem similaridades na língua inglesa. É possível que, em uma pesquisa mais detida, se encontrem outros exemplos mundo afora, demonstrando a universalidade do desejo de trocar informações exclusivas.

O fascínio pelo tema pode ser constatado no campo literário. Um dos fatores de grande sucesso da obra de Dan Brown é justamente explorar o mistério das escritas secretas. O principal personagem criado pelo autor, Robert Langdon, é um simbologista de Harvard, que protagonizou cinco livros – *Anjos e Demônios*, *O Código da Vinci*, *O Símbolo Perdido*, *Inferno* e *Origem* –, tendo sido os dois primeiros e o quarto adaptados para o cinema. Códigos e significados ocultos permeiam as tramas do começo ao fim, criando um mistério capaz de fazer o leitor avançar nas páginas sem parar. Leitura agradável, dinâmica e muito interessante. Tive o prazer de ler os cinco (e também os outros dois que não são do mesmo protagonista: *Fortaleza Digital* e *Ponto de Impacto*) e recomendo.

Se no âmbito lúdico a importância de se comunicar em privado já nos encanta, a relevância do tema ganha proporções maiúsculas nas relações comerciais e ainda maiores nas de defesa. Durante a Segunda Grande Guerra, um dos trunfos da Alemanha foi o uso da Enigma, uma máquina capaz de embaralhar as palavras de forma muito mais eficiente do que a "Língua do P". As regras de conversão das mensagens originais para as criptografadas não eram fixas, então, mesmo se a mensagem fosse interceptada, isso não era suficiente para compreendê-la. Explicando o procedimento de maneira simples, imagine que você criou um código para substituir cada letra por um número. Então, por exemplo, "A" seria "1", "B" seria "2" e assim sucessivamente. Essa codificação, no entanto, valeria apenas para o primeiro dia. No dia seguinte, o número "1" representaria outra letra, não mais o "A" e assim continuaria com todo o alfabeto. Para decifrar o que está escrito, além de conhecer a lógica utilizada, seria necessário também saber quais eram as correspondências entre as letras originais e as codificadas naquele dia específico.

O efeito colateral da Enigma foi a criação das bases para a ciência da computação, tal qual conhecemos hoje. Na imperativa necessidade de conhecer os movimentos inimigos, a Inglaterra desenvolveu enormes esforços para decifrar a criptografia alemã. Teve sucesso por intermédio do genial Alan Turing, cujo trabalho ajudou a formalizar conceitos fundamentais da Tecnologia da Informação. Uma biografia do considerado "pai da computação" pode ser encontrada em *O Jogo da Imitação*, filme de 2014 dirigido por Morten Tyldum, baseado no livro *Alan Turing: the enigma*, de autoria de Andrew Hodges. Não li o livro, mas o filme é muito bom e ajuda a compreender os meandros da criptografia e os primeiros passos que nos trouxeram para o mundo virtual.

Considero as guerras, na acepção mais restrita da palavra, com a utilização de armas físicas, químicas ou biológicas, uma resposta inadequada para os conflitos e espero que a evolução da humanidade possa abolir esse comportamento reprovável. Guerras de informação, sejam entre organizações comerciais, sejam entre nações, no entanto, vão se intensificar. O domínio da economia, da política, das estratégias de soberania depende do conhecimento. Assim sendo, o desejo lúdico de se comunicar em sigilo transforma-se em necessidade real e prioritária. Os países que dependem de tecnologia alheia estão fadados a serem surpreendidos por movimentos similares aos feitos pela CIA junto à Crypto AG, normalmente, de forma extemporânea, depois de informações preciosas já terem vazado para seus concorrentes ou inimigos.

Nesse cenário, é iminente que o Brasil se posicione de uma maneira diferente da forma como está se posicionando atualmente. Não defendo uma xenofobia tecnológica, mas sim uma política pública estruturada de criação de tecnologia nacional. É necessário fomentar as empresas brasileiras de software, em especial nas áreas mais sensíveis, como no caso da defesa. A solução passa, necessariamente, por uma nova compreensão da **Compra Pública**, que deve ser instrumento focal de desenvolvimento tecnológico e não apenas uma forma de prover o governo das suas necessidades básicas.

Virtudes e defeitos

*Plante um pensamento, colha uma ação;
plante uma ação, colha um hábito;
plante um hábito, colha um caráter;
plante um caráter, colha um destino.*
────── STEPHEN COVEY

O ídolo do futebol Diego Maradona faleceu recentemente[20]. O que fez dentro de campo o colocou como um dos maiores fenômenos esportivos do planeta. Para muitos, em especial para os argentinos, foi o melhor jogador de todos os tempos. Alguns amigos meus fizeram música e declararam seu amor nas redes sociais. Uma verdadeira comoção. Para nós, brasileiros, e sob qualquer critério objetivo, o melhor sempre foi e sempre será o Pelé. Dieguito foi craque, deu show, promoveu momentos épicos, mas sua trajetória como pessoa não foi louvável. Acredito que os ídolos possuem responsabilidades maiores que os demais em ser exemplo para a sociedade, principalmente para os mais jovens.

Nem sempre concordamos com os posicionamentos, e eventualmente com o caráter, das figuras públicas. Isso, no entanto, não deveria limitar nossa capacidade de enxergar suas virtudes. Conheço pessoas que pararam de apreciar a grandiosa obra de Chico Buarque por causa de seus posicionamentos políticos. Chico é um virtuoso, Poeta com "P" maiúsculo, compositor extraordinário. Se ele decide se manifestar, contrariamente às minhas crenças, sobre qualquer outro aspecto da vida, isso não vai mudar minha admiração pelo músico, embora tenha a obrigação de cobrar a responsabilidade dele enquanto ídolo perante a sociedade. Tenho maturidade para separar uma coisa da outra, reconhecer as virtudes e os defeitos.

O mesmo raciocínio vale para as instituições. Há 20 anos, aproximadamente, estava eu em Cotia, São Paulo, fazendo o curso APG Amana-Key – Programa de Gestão Avançada. Oscar Motomura, o gênio fundador da instituição, entrou na sala e disse que estávamos lá para fazer um treinamento sobre gestão, porém iríamos aprender não com a gestão em si, mas com a música, com a arte, com a física, com a medicina, enfim, com outros ramos do conhecimento. Nosso desafio seria encontrar as analogias e trazer o ensinamento adequado para nossa realidade. Disse, também, que iríamos aprender com instituições e movimentos. Em um determinado momento, citou que uma das fontes de estudo seria o narcotráfico. Foi um alvoroço. "Como assim?!?", indignaram-se alguns, não poderíamos ter o crime como referência. Motomura, com sua calma característica, explicou não se tratar de apologia ao crime, e sim sobre as instituições do tráfico saberem se comunicar de forma extremamente eficiente, conseguirem um grande engajamento da comunidade e possuírem um sistema de previdência social muito melhor do que o oficial. Mostrou-nos que, mesmo naquilo que mais desejamos combater, sempre se pode encontrar virtudes.

A sociedade em geral, no entanto, prefere as análises simplistas, sem considerar todos os ângulos, deixando-se levar pela posição das redes sociais ou da mídia. Esse é um dos fatores que tem separado o Brasil quanto às questões políticas. Quem considera um determinado presidente do passado um crápula, parece ser incapaz de reconhecer os diversos aspectos positivos de seu governo. Quem o considera um herói nacional, por sua vez, é incapaz de reconhecer suas transgressões. Vale o mesmo para o presidente atual. Defesas e ataques monocórdicos. Ocorre que a vida é mais complexa, repleta de sutilezas, com prós e contras.

Vejamos o caso da Justiça Eleitoral brasileira. O segundo turno das eleições municipais de 2020 se encerrou sem qualquer problema significativo. Em poucas horas, o resultado integral encontrava-se ao dispor do público, com ampla divulgação na mídia. A despeito dos problemas ocorridos no primeiro turno, as eleições, uma vez mais, transcorreram de forma eficiente, célere e segura. Os tribunais eleitorais brasileiros são perfeitos? Não. Estão suscetíveis a erros? Evidentemente. Mas é preciso reconhecer que a urna eletrônica, e tudo o que a cerca, proporciona o melhor processo eleitoral do mundo. Conforme já mencionei, no entanto, a opinião pública é movida por uma enorme quantidade de fatores, os quais, no presente caso, fazem com que uma parcela da população defenda um apêndice da urna para a impressão do voto. Ou seja, após conferência do eleitor, um papel seria depositado em recipiente próprio e utilizado, em alguma circunstância não claramente definida, para comparações com o resultado eletrônico.

Ao se analisar a sugestão superficialmente, pode-se concluir que só há ganhos nessa adição, mas, na prática, o que ocorre é justamente o contrário. O primeiro aspecto relevante é a ampliação da possibilidade de falhas. Quando se soma um componente a mais, por óbvio, há um fator adicional de risco. Quando o dispositivo inclui bobinas de papel, onde os votos seriam impressos, o problema é maior. Umidade do ar, armazenamento e tudo o que envolve a mecânica de imprimir eleva o risco de mau funcionamento. Imagine uma seção eleitoral que tenha recebido 90% dos votos e a impressora trava nesse momento. O que fazer com aquele voto? Será revelado? Será desconsiderado? Além disso, não é simples trocar a impressora, interromper a votação ou continuar o processo sem a impressora. A solução mais provável seria passar para a cédula de papel manual. O número de urnas eletrônicas que apresentam defeito durantes as eleições é muito baixo. Por exemplo, no segundo turno deste ano, foram utilizadas 97.024 (noventa e sete mil e vinte e quatro) urnas e houve apenas uma seção com votação manual. Com o dispositivo da impressão anexado, esse número pode ser multiplicado várias vezes.

Um segundo ponto relevante é o que fazer com o voto que foi impresso. Suponha que o mecanismo seja utilizado, em seções escolhidas pelos partidos, para conferir o resultado de urnas específicas. Até que o voto seja contado, deve ser transportado, etapa na qual a fragilidade é enorme. Votos podem ser acrescentados na urna, suprimidos ou trocados. Para garantir a integridade seria necessário um esquema de segurança gigantesco. Ademais, suponha que a contagem manual apresente diferença em relação ao cômputo eletrônico. O que fazer? Recontagem até que os resultados batam? Consideram-se os votos impressos e anulam-se os eletrônicos ou seria melhor o contrário? Anula-se a urna? Não há resposta fácil. A adição traz uma complexidade difícil de lidar. Contar votos manualmente, em função da intervenção humana, é mais suscetível a fraudes do que qualquer processo eletrônico, motivo pelo qual a introdução do voto impresso traria consigo um gigante ponto de vulnerabilidade.

Um terceiro fator a ser considerado é o comportamento individual do eleitor. Imagine, por hipótese, que você é um mesário voluntário e se depara com a seguinte questão: o eleitor votou, confirmou e saiu da cabine esbravejando que o voto impresso não corresponde à escolha eletrônica. O eleitor afirma ter conferido o voto impresso e garante que está diferente. O que você faria nesse momento? Mais uma vez, não há solução trivial. Fiscais dos vários partidos serão chamados, haverá atraso na votação, acusações de parte a parte e ninguém impedirá a inserção de uma mácula que poderia ser evitada. Em suma, introduzir o voto impresso concomitante ao voto eletrônico traz muito mais prejuízo ao processo do que a alegada (e infundada) segurança adicional. Sem falar nos volumosos custos envolvidos.

Outro caso interessante é o combate no Brasil à covid. Nosso país optou, há mais de 30 anos, pela universalização do atendimento da saúde por intermédio do Sistema Único de Saúde (SUS). Mesmo ineficiente e caro, o sistema salvou milhares de vidas, em especial daqueles com menor renda. Julgar o SUS considerando apenas uma ou outra faceta é superficial e serve somente para propagar notícias na mídia.

Ideias, pessoas e instituições possuem virtudes e defeitos. Não há perfeição no plano terrestre. Dependendo das crenças, de uma situação específica, de um sentimento predominante, os indivíduos são levados a fazer avaliações rápidas e simplistas. Algumas vezes, com foco nas coisas boas, em outras, nas ruins. Um mundo melhor depende de mais parcimônia no julgamento, de mais sabedoria e de mais tolerância. O convite que faço aqui é justamente este: uma chamada para reconhecer os aspectos mais profundos da realidade, em contrapartida aos posicionamentos imediatos e parciais, característicos das facções.

Governo Mundial

Não é fácil compreender como as formas mais extremas de nacionalismo ainda podem sobreviver quando os homens já enxergaram o planeta em sua perspectiva mais realista, como um pequeno globo entre as estrelas.
———— ARTHUR CLARKE

Em um feito notável e inédito, a Marvel, maior editora de histórias em quadrinhos do mundo, conseguiu produzir 25 filmes encadeados. De forma geral, cada um deles pode ser assistido individualmente, sem a necessidade do conhecimento da trama inteira. São filmes de qualidade por si só, mas o conjunto produz algo muito maior, principalmente aos que gostam de histórias de super-heróis. Eu assisti a todos, como quem realiza um sonho de infância. Para muitos, assim como para mim, era inimaginável acreditar que nossas aventuras extraídas dos gibis seriam transportadas para as telas com tamanha maestria.

O vilão mais poderoso da saga, antagonista principal dos filmes finais, é o titã Thanos. Como acontece várias vezes na vida real, o dito cujo acredita que, na verdade, está fazendo o bem. Em sua percepção, o cosmos está superpopuloso e, se não houver redução de seus habitantes, ocorrerá um colapso que levará ao caos e a desordem. Sendo assim, decide eliminar, de forma aleatória, metade dos seres vivos do universo. Para tanto, reúne instrumentos de poder, materializados em pedras místicas, denominadas Joias do Infinito.

Quando ameaça de tamanha magnitude resolve invadir a Terra, não é de se admirar uma completa união para a defesa planetária. Os interesses comuns de preservação superam os mais individuais, sejam pessoais, de instituições ou de nações. Essa é uma vigorosa hipótese para que, no futuro, tenhamos o Governo Mundial. Um perigo superior à capacidade de qualquer país ou bloco de países tende a aglutinar a humanidade. A ameaça pode ser ou não externa, de modo que, eventualmente, não precisaremos aguardar uma invasão alienígena.

Um governo global teria a possibilidade de afetar positivamente a humanidade, otimizando políticas e recursos, de forma a atender de maneira mais igualitária a comunidade, porém os desafios são enormes. Já podemos observar as dificuldades na atualidade, basta olhar para as organizações mundiais existentes. Especialmente no enfrentamento à pandemia causada pelo coronavírus, presenciamos uma Organização Mundial da Saúde (OMS) inefetiva, confusa, falando demais e fazendo muito pouco, absorta em politicagem interna, privilegiando visões e posicionamentos que não necessariamente seriam os melhores para uma atuação adequada.

Em 2016, tive a honra e o privilégio, como presidente da Federação Assespro, de trazer para Brasília o World

Congress of Information Technology – WCIT. O evento, realizado pela primeira vez na América Latina, reuniu cerca de 2 mil participantes extremamente qualificados, sendo em torno de 400 estrangeiros, para ouvir um robusto conjunto de mais de 60 conferencistas, muitos deles de renome mundial. Ao final do congresso, minha inspiração estava em alta. Não era para menos, tinha convivido, na condição de organizador do evento, com personalidades notáveis, dentre as quais posso destacar as seguintes:

- Dr. Vint Cerf – considerado um dos pais da internet e vice-presidente global da Google
- Dr. William Magee – cofundador e CEO da Operation Smile
- George Newstrom[21] – vice-presidente e principal executivo da Dell Services
- Oren Gershtein – fundador e CEO da IdealittyRoads, uma das principais incubadoras de tecnologia de Israel
- Marie Lou Papazian – CEO do Centro Criativo de Tecnologia – TUMO, projeto que usa TI no desenvolvimento de adolescentes – Armênia
- Santiago Gutierrez[22] – presidente da WITSA (Aliança Mundial de Tecnologia e Serviços de Informação) – México

Nesse ambiente repleto de estrelas, tive um *insight* de que a internet poderia provocar a criação do Governo Mundial. Hoje, 4 anos depois, com a acentuada virtualização que tivemos, a ideia permanece viva. Quanto mais a sociedade estiver virtual, mais confusas ficam as questões de jurisdição sobre o armazenamento de dados, transações comerciais, tráfego nas redes, comportamentos inadequados.

Qual lei vigora quando alguém da Europa, utilizando-se de provedores orientais, com códigos malignos criados no Brasil, roubam as informações de uma empresa multinacional nos Estados Unidos, cujos dados estavam armazenados da Irlanda?

Atualmente, para casos como estes, existem acordos bi e multilaterais e cooperação internacional; ainda assim a confusão é grande. No Brasil, por exemplo, a Assespro é protagonista em um debate sobre a constitucionalidade da MLAT[23], um desses acordos. Vários juízes de primeira instância têm solicitado dados das representações locais de redes sociais, as quais alegam que o dado está armazenado fora do Brasil e, portanto, a solicitação dos mesmos deve seguir os procedimentos estabelecidos na MLAT, quando não se tratar de crimes graves ou que demandam urgência, tais como pedofilia, sequestro, homicídios e correlatos em severidade.

O fato é que a virtualização vai tornar esses movimentos que perpassam fronteiras muito mais comuns. Assim como um dos meus sonhos de criança foi realizado nas telas do cinema, é possível alguém já estar hoje sonhando com um mundo totalmente conectado, mais participativo, mais justo, mais inclusivo, muito mais virtual e que esse sonho venha a se materializar no futuro, por intermédio de políticas públicas bem estabelecidas, pelo Governo Mundial.

Aceleração da experiência

> *Ser capitã desse mundo*
> *Poder rodar sem fronteiras*
> *Viver um ano em segundos*
> *Não achar sonhos besteira*
> ——— MARIA GADU

Leitura dinâmica é um conjunto de técnicas cujo objetivo é aumentar a velocidade de leitura. Existe uma variedade enorme de cursos e promessas no mercado, que adicionam um fator relevante ao processo: aumentar também a compreensão do que está sendo lido. Ler mais rápido é tentador, compreender melhor é quase irresistível. Quando se pratica leitura dinâmica com a ampliação do entendimento, você é capaz de aprender mais em menos tempo.

Infelizmente, ler não é a diversão preferida na sociedade moderna. Segundo a pesquisa *Retratos da Leitura no Brasil*, perdemos, entre 2015 e 2019, mais de 4,6 milhões de leitores, de acordo com os critérios adotados pelo estudo. Evidentemente que fatores como internet, redes sociais, serviços de mensageria instantânea e a ampliação da oferta de séries e filmes são relevantes para essa queda.

No entanto, há que se reconhecer que a leitura, em si, não é um fim e sim um meio. Sob o aspecto mais formal, é uma maneira de assimilar conhecimento, que pode ser trocada por alternativas como, por exemplo, vídeos e áudios. É também uma forma de lazer, e, nesse caso, existem muitos substitutos. Sou um defensor da leitura, mas reconheço que a virtualização da vida vai nos tirar cada vez mais leitores.

Se, porventura, você adora áudios e vídeos, é possível que você conheça técnicas de aceleração, similares, de alguma forma, à leitura dinâmica. Em síntese, existem softwares que permitem aumentar o ritmo do seu vídeo e, caso você se acostume, poderá assistir a uma palestra de uma hora em 30 minutos. Diminuir o tempo gasto já faz sentido, todavia, se em menos tempo você assimilar mais, aí sim isso vai fazer uma grande diferença.

Luciana, minha esposa, já não consegue mais assistir aos vídeos em velocidade normal. Ela se acostumou com velocidades de reprodução mais altas e, com isso, economiza um bom tempo.

Recentemente, assisti a um dos capítulos da série *Deep Space Nine*, da saga *Star Trek*, que trouxe uma história com reflexões interessantes. Um dos membros da tripulação foi acusado de cometer espionagem contra uma raça alienígena. Antes que alguém tenha tido condição de intervir, ele foi julgado, condenado e começou a cumprir pena. O tribunal julgador definiu que a penalidade seria de 20 anos de prisão. Quando os demais tripulantes apareceram em cena, o condenado estava deitado em uma maca, com aparelhos conectados e a explicação da infração e da penalidade foi apresentada. Apesar dos protestos, o melhor possível era aguardar.

Com o uso de aparelhos sofisticados, os punidores colocaram o condenado em uma situação de sono induzido e simularam o cumprimento da sentença em tempo acelerado. É o mesmo princípio de aumentar a velocidade do vídeo, com uma tecnologia muito mais avançada. Em poucas horas, o sujeito vivenciou anos de prisão, em uma experiência de realidade virtual que, para ele, foi uma "realidade real". As memórias, as sensações, as emoções ficaram impregnadas e entrelaçadas na mente do indivíduo, como se ele tivesse vivido de fato os 20 anos de restrição de liberdade.

Ao acordar, as contradições entre a condição física real, a percebida e a interiorizada do protagonista foram um primeiro desafio, de muitos, quanto à compreensão da realidade. A experiência acelerada, no caso, foi radical. Possivelmente, causaria transtornos psicológicos graves a qualquer um que tivesse vivido tal dissabor. O personagem é um dos centrais da série, motivo pelo qual ele se recuperou completamente. Não creio que esse seja o resultado normal do ocorrido e acredito que a sociedade ainda precisa refletir amadurecer o tema antes de opinar se esse mecanismo de punição é mais adequado do que os atuais.

De qualquer forma, a aceleração da experiência, seja com a leitura dinâmica, com a aceleração de vídeos ou com outro método semelhante, é uma busca da humanidade. A pandemia na qual vivemos, provocada pelo coronavírus, nos motivou a pensar em um novo normal. É possível que o momento atual seja único e que jamais tenhamos que voltar a viver em isolamento social. Pode ser, também, que o distanciamento se repita em outras circunstâncias. De uma forma ou de outra, a ampliação das vidas virtuais é inevitável.

Nesse sentido, a sociedade precisa começar a discutir, desde já, os limites éticos da aceleração da experiência e suas variantes. Quando houver tecnologia para simular anos de vida em horas, será ético emergir pessoas com doenças terminais em um ambiente de realidade virtual? Será correto se utilizar de estratégia similar, como no filme, para o sistema penitenciário? Será adequado nos abrigarmos em aparelhos que nos colocam para dormir, enquanto vivemos como no filme *Matrix*?

As hipóteses são inquietantes. Talvez você se conforte pensando que as tecnologias para produzir tudo isso ainda estejam distantes. Não se iluda, podem estar em pleno funcionamento em 15 ou 20 anos.

As polêmicas sobre a vacina

*O aspecto mais triste da vida agora
é que a ciência reúne conhecimento
mais rapidamente do que a
sociedade reúne sabedoria.*
——— ISAAC ASIMOV

Meu pai tinha um amigo chamado Wilson. No começo da década de 80, lembro-me como se fosse hoje, apareceu em minha casa entusiasmado. Contava para meu pai sobre uma ideia que o deixaria milionário. Havia criado um método para que o limpador de para-brisas funcionasse de forma automática. Ouvi com certo interesse, por curiosidade, mas não dei tanto crédito. Afinal, como alguém da redondeza, uma vizinhança de classe média baixa, poderia colocar em prática uma ideia dessa e, ainda, ficar rico? Não parecia nada provável.

Encontrei o Wilson, sempre de passagem, poucas vezes após essa ocasião. Não sei que destino levou, se realmente conseguiu protagonizar sua criação junto à indústria automobilística e se ganhou ou não dinheiro por causa disso. O fato é que hoje o meu carro e os de muitas outras montadoras possuem o tal limpador de para-brisas automático. Quando se trata de tecnologias, 40 anos, nos dias atuais, é um lapso de tempo muito grande, que permite a imaginação de outrora ser a realidade de hoje.

Por outro lado, a evolução das ciências políticas e sociais parece ser muito mais lenta. Questões aparentemente simples, que deveriam ser consenso, conseguem consumir grande parte dos debates nas redes sociais. Comportamentos que deveriam ser normais, em prol da comunidade, são, ao contrário, raros ou inexistentes.

As polêmicas sobre a vacina ilustram bem as afirmações anteriores. Os interesses da sociedade têm de prevalecer sobre os interesses políticos. A covid não deveria ser palco de disputas e sim de união. Quanto antes conseguirmos superar o assunto, mais rapidamente o Brasil vai se recuperar. As marcas da doença são profundas. Amigos e familiares que se foram, pessoas que perderam o emprego, pais de família que não têm como levar o pão para casa, empresas fechadas, alunos sem aula. Enquanto isso, atores do cenário nacional, dos mais importantes, brigando por protagonismo. Discutindo o viés esquerdista ou direitista de quem ajudou na produção da vacina. Criando teorias da conspiração, provocando e disseminando a discórdia. Um vexame!

O mesmo vale para a indústria farmacêutica. Empresas competindo entre si, ao invés de buscarem a colaboração mútua. Disputando quem coloca a vacina na frente primeiro. Quem tem os maiores lucros. A verdade é que essa indústria sempre andou no limite da ética, para ser educado. Uma pandemia mundial, entretanto, deveria ser gatilho para uma postura diferente.

As dinâmicas sociais, e as opiniões pessoais em relação à obrigatoriedade da vacinação, são outro exemplo do quanto precisamos evoluir. Voltando ao meu pai, que em janeiro fará 96 anos, aprendi desde cedo sobre meu direito terminar quando começa o direito do próximo. Dito isso, considero absolutamente claro que a vacinação deve ser facultativa. Nenhuma pessoa, entidade ou governo deveria poder obrigar o outro a se vacinar, tenho convicção. No entanto, caso um indivíduo decida por ficar sem receber a dose da vacina, ele tem que renunciar a qualquer contato social e perder prioridade de atendimento, em relação à doença, para quem foi vacinado. Em síntese, não receber a vacina é um direito, mas não propagar o vírus é um dever; direito alheio. Então, o indivíduo que não se imunizar deve ter sua movimentação social restrita, em uma espécie de prisão domiciliar, de preferência com tornozeleira eletrônica paga pelo próprio.

Da minha parte, tão logo uma vacina for anunciada segura, entrarei na fila para me vacinar. Confio na capacidade dos nossos institutos, de forma que não me rendo a seja qual for a ameaça, *"fake news"* ou teoria da conspiração. Tenho a felicidade de ter um cunhado, João Alexandre, PhD em biologia, pesquisador e professor, inclusive para turmas de medicina da Universidade de Brasília. Ele me explicou, em detalhes, que não há possibilidade de qualquer vacina alterar nosso código genético, justamente uma das falácias difundidas na internet.

Tenho comentado em meus artigos sobre os avanços da Tecnologia da Informação, muitos dos quais nos alcançarão mais depressa do que imaginamos. A velocidade do progresso das ciências exatas é desafiadora para a humanidade. Trará, rapidamente, benefícios extraordinários, mas, também, questões éticas, sociais e políticas em novas fronteiras, paras as quais a sociedade não está preparada. Gostaria de ser otimista quanto ao progresso simultâneo das ciências sociais e políticas, em relação às exatas; temo, no entanto, que o descompasso seja enorme.

Nesse contexto, a força da liderança baseada em princípios toma proporções ainda maiores. Cada um de nós deve se questionar sobre a maneira como podemos, individualmente, fazer parte de um processo de evolução e crescimento. A partir de quais valores estamos tomando as decisões no nosso microecossistema? Evidentemente, os nomes públicos têm uma abrangência ainda maior de influenciar. Caso eu tenha a sorte de que esse texto chegue a alguém com algum poder sobre a sociedade, em qualquer esfera ou dimensão, espero que o privilegiado leitor baseie suas ações, neste difícil momento em que uma possível segunda onda da covid nos ameaça, em prol da comunidade e não apenas em benefício próprio.

2020!

Você não pode esperar construir um mundo melhor sem melhorar as pessoas. Cada um de nós deve trabalhar para o seu próprio aprimoramento e, ao mesmo tempo, participar da responsabilidade coletiva por toda a humanidade.
——— MARIE CURIE

O ano era 1985. Saíamos de um jogo de handebol com o objetivo de pegar um ônibus para voltar para casa. Estávamos distraídos, conversando sobre a partida, fazendo aquelas brincadeiras características da idade, quando escutamos um carro frear abruptamente. O grupo havia atravessado a rua sem perceber e, por pouco, não fomos atropelados. Após o breve susto, voltamos ao nosso curso normal, rindo da trapalhada. Eu comentei que episódios como aquele seriam parte do repertório de histórias a serem contadas para filhos e netos. A verdade é que a singela passagem, até agora, nunca havia sido compartilhada com meus filhos. A vida proporcionou outras aventuras muito mais interessantes para contar para eles e, aos netos, sem dúvida, vamos precisar explicar 2020!

Antes de qualquer comentário, faço sempre questão de apresentar meus sentimentos e minha solidariedade a quem perdeu familiares, amigos, empregos e empresas em razão da pandemia. Para muitos, foi um ano a ser esquecido. De alguma forma, para todos, foi marcante.

O mundo demonstrou ser incapaz de trabalhar com a ciência de forma interdisciplinar. A pandemia da covid deveria ter sido enfrentada com a sinergia de várias matérias, mas o que vimos foram economistas falando de medicina, biólogos falando de economia, matemáticos e estatísticos comemorando porque, finalmente, a população compreendeu o que é uma curva de distribuição normal. Institutos mundiais, com ênfase para a Organização Mundial da Saúde, fizeram recomendações contraditórias, fora de tempo, politizadas e repletas de previsões equivocadas. Países esconderam dados sobre a doença, inclusive a própria existência do vírus, com destaque negativo para a China. Políticos utilizaram-se dos efeitos da pandemia para ganhar projeção, brigar pelo poder, encontrar caminhos de desacreditar prematuramente futuros adversários. Oportunistas de plantão, mesmo em um caso tão grave, usaram a máquina pública para gerar fortunas pessoais, adquirindo o que não era necessário ou comprando de forma superfaturada. Houve baixa colaboração entre as nações, entre as empresas da indústria farmacêutica e entre as instituições.

Por sua vez, uma parte da população desrespeitou as recomendações, outros se aproveitaram da situação para ficar em casa sem trabalhar, mas recebendo seus salários, como ocorreu com vários funcionários do governo. Claro que aqui cabe uma ressalva: tenho inúmeros amigos, colegas e conhecidos que são servidores públicos exemplares. Durante a pandemia, trabalharam mais do que o normal, dedicaram-se com afinco para atender o público e manter o governo em pleno funcionamento, em especial, para os mais necessitados. Mesmo esses, a quem admiro, admitem o fato de colegas terem se valido do isolamento social para se esconderem. Uma vergonha!

Se o vírus fosse mais letal e tivéssemos, enquanto humanidade, nos comportado da mesma forma, as perdas teriam sido devastadoras.

É inegável, por outro lado, que várias oportunidades surgiram, perspectivas impensadas anteriormente vieram à tona, novas dinâmicas se consolidaram, pessoas e projetos extraordinários levaram assistência para milhões.

A pandemia foi, sem dúvida, o maior impulso para a digitalização de serviços nos últimos anos. Tanto as empresas quantos as organizações públicas aumentaram suas demandas de Tecnologia da Informação e conseguiram, de forma muito rápida, migrar do balcão físico para a internet. A geografia das relações de trabalho mudou acentuadamente. Os limites para a contratação de profissionais em outras localidades se ampliaram. Não é raro encontrar pessoas que foram recrutadas e estão com seus novos empregos sem ter, sequer, saído fisicamente de casa. Novos negócios, novos modelos e novas dinâmicas empresariais surgiram, enquanto alguns negócios tradicionais sofreram quedas significativas.

Sob o aspecto familiar, o ano foi sem precedentes. Estudo, lazer, afazeres domésticos e trabalho ocorrendo simultaneamente, em um mesmo ambiente físico. Crianças e bichos de estimação estiveram presentes em muitas reuniões sérias, interrompendo, quebrando o clima e, às vezes, ajudando ao servirem de válvula de escape para momentos tensos.

Os pais, por sua vez, acompanharam mais proximamente a rotina dos filhos e precisaram compreender melhor os dilemas da aprendizagem a distância. Até onde vai a saudável colaboração entre os colegas e onde começa a "cola"; quanto da aula realmente se assiste e quanto da atenção está compartilhada com as séries ou jogos; quanto conteúdo está sendo absorvido sobre o assunto e até onde o ano está sendo proveitoso para o futuro? São exemplos dos questionamentos cotidianos.

Muitas famílias abdicaram de ajuda doméstica e tiveram que dividir as tarefas da manutenção da casa. Pais e filhos revezando-se para fazer a comida e lavar os banheiros. Momentos, muitas vezes, inéditos. Uma nova realidade.

O ano de 2020 foi marcado, de forma inegável, por tristezas e por perdas, mas, principalmente, por mudanças de paradigma. A reflexão sobre o ocorrido e seus desdobramentos merece mais atenção do que os anos anteriores. Já estamos vivendo o começo do "novo normal", novas oportunidades estão surgindo a cada dia, o perfil da economia já está modificado, cada vez mais virtual.

Espero que o futuro incorpore as novas e muito melhores dinâmicas familiares, que a digitalização leve mais igualdade de oportunidades para os menos favorecidos, que o compromisso individual de cada um para com a humanidade seja enfatizado, que a solidariedade prevaleça sobre a ganância pessoal. Desejo que o mundo perceba o quanto agiu mal, colaborou pouco, deixou que a indústria farmacêutica, instituições e líderes mundiais priorizassem interesses próprios em detrimento do coletivo. Se assim for, 2020 será visto no futuro como um ponto de ruptura para uma sociedade melhor, então, que assim seja!

Você está se acostumando de forma imperceptível

*Para ganhar um Ano Novo
que mereça este nome,
você, meu caro, tem de merecê-lo,
tem de fazê-lo novo, eu
sei que não é fácil,
mas tente, experimente, consciente.
É dentro de você que o Ano Novo
cochila e espera desde sempre.*
—— CARLOS DRUMMOND
DE ANDRADE

Tenho duas cadelas, uma das quais, da raça Golden, odeia fogos de artifício. Ela se assusta, fica amedrontada, tenta se esconder e fugir do barulho. A virada do ano e as festas juninas são bastante desagradáveis para ela. No último dia 2020, fui até a farmácia comprar um remédio para acalmá-la. Quando cheguei, dois clientes já estavam no estabelecimento e a cena me pareceu cômica. Três compras exatamente iguais: Dramin e Engov.

Ao chegar ao caixa, no entanto, a diferença de hábitos entre nós ficou marcante. A primeira cliente pagou de maneira razoavelmente rápida, o segundo demorou uma eternidade. Inseriu o número do CPF, questionou o atendente sobre minúcias irrelevantes, esperou sua via do cartão, pediu um saquinho plástico e pegou sua nota fiscal. Improváveis dois minutos para uma operação tão simples. Paguei em 10 segundos. Cartão por aproximação, não precisei digitar a senha porque o valor era abaixo do limite, sem CPF, sem saquinho, sem nota fiscal (mesmo não sendo impressa, é emitida de qualquer forma. Digo isso por ser defensor do pagamento correto dos impostos devidos).

Observe que o tempo para pagar, de forma alguma, foi impactado pela tecnologia. Nos utilizamos com tanta frequência dos cartões a ponto de paramos de pensar nos pormenores da transação. Em resumo, uma operação simplificada de pagamento com cartão possui pelo menos cinco atores: o cliente, a loja, o adquirente, a bandeira e a emissora. Para quem desconhece a terminologia, a adquirente é a administradora da maquininha e faz a liquidação da operação (Cielo, Rede, Getnet etc.). A bandeira (Visa, Mastercard, Elo etc.) faz a intermediação da operação. O emissor, em geral, é o seu banco, que faz a definição de prazos, limites e regras do cartão.

Segundo a plataforma de pagamentos ADIQ, que divulgou a informação em seu site (www.adiq.com.br), o fluxo da operação é o seguinte:

1. O usuário insere seus dados no site da loja virtual, ou passa seu cartão na maquininha do estabelecimento.
2. Os dados são transmitidos para a adquirente que repassa as informações para a bandeira.
3. A bandeira determina o emissor do cartão para liberação do pagamento. O emissor pode ser um banco ou outra instituição financeira.
4. O banco emissor confere os dados do cliente e aprova (ou não) o pagamento, informando à bandeira.
5. A bandeira comunica a aprovação do pagamento ao adquirente.
6. O adquirente, por sua vez, envia a aprovação de pagamento ao estabelecimento ou loja virtual.
7. A venda é realizada e o cliente recebe um comprovante da transação.

Isso tudo é feito em um tempo praticamente imperceptível. Algumas das etapas, em milissegundos. Ressalte-se que esse é um processo simplificado, podendo existir outros protagonistas e mais passos, a depender da transação. Estamos lidando com muita tecnologia, alta capacidade de processamento, algoritmos otimizados, integração de ambientes, linguagens de programação e equipamentos heterogêneos, redes de alta velocidades e inúmeros dispositivos de segurança que se iniciam com o chip do próprio cartão.

Este é apenas um exemplo de como a tecnologia está se inserindo no dia a dia, de maneira gradativa e silenciosa. Você está se acostumando de forma imperceptível. É como ver um filho crescer; você olha para ele todos os dias, mas não consegue descobrir o quão grande ele está, até comparar com fotos de 5 ou 10 anos atrás.

Parece normal fazer uma ligação para seja qual for o lugar do mundo sem depender de uma operadora. Basta ter uma conexão Wi-Fi e um aplicativo qualquer como WhatsApp, FaceTime, Telegram, Google Meet ou Zoom. Você não vai pagar nada por isso. A geração atual não vai compreender a dificuldade e os custos de quem queria falar com alguém no exterior no século passado.

O que acontece em qualquer canto do planeta, mesmo com uma relevância mínima, está rapidamente nos sites de notícia. A informação é instantânea. Qualidade, profundidade, análise ficaram para uma outra época, o importante agora é velocidade. Os noticiários da televisão aberta, os jornais impressos e as revistas semanais já não conseguem praticamente nenhum "furo". A internet entrega a notícia muito mais rapidamente. Mudanças significativas, fruto da mobilidade e da hiperconectividade, que já parecem normais.

E assim caminhará o ingresso da tecnologia, sob uma perspectiva histórica, muito rapidamente. Um quadro comparativo feito de 10 em 10 anos dos últimos 50 anos vai mostrar evoluções gigantescas, superiores a quadros de 100 em 100 anos dos 500 anos anteriores. Mas nós, seres humanos, vivemos segundo a segundo. E assim vamos recebendo e incorporando as transformações sem nem perceber. O lado positivo é que a tecnologia nos traz grandes benefícios, o negativo é que não estamos refletindo individualmente sobre os avanços e, muito menos, fazendo avaliações coletivas.

O ano de 2021 chega repleto de esperanças, com a perspectiva de superarmos a pandemia que assolou o mundo em 2020. Os legados para o futuro serão marcantes, mas minha expectativa é que o destaque não seja para a virtualização, desmaterialização, digitalização e assemelhados. Nem mesmo para a vacina ou outras técnicas de combate ao vírus. Que a nossa maior conquista, enquanto humanidade, seja a mudança das dinâmicas sociais, a aproximação da família, a ampliação da solidariedade e a percepção da necessidade de sermos mais colaborativos.

Espero que o Saulo fique rico!

Uma solução para problemas econômicos que surgem recentemente muitas vezes não pode ser baseada em métodos existentes, mas precisa de novas ideias e abordagens.
——— LEONID KANTOROVICH

Maceió é uma pérola do litoral brasileiro. Uma quantidade impressionante de paisagens incríveis, diversas opções de lazer, quando se está na praia ou nas lagoas de água doce. Você pode optar por piscinas naturais, por invadir o mar dezenas de metros com a água batendo nos joelhos, por ondas para quem gosta de "pegar jacaré" ou surfar. Pode, ainda, escolher andar de "banana-boat", lancha, barco-voador, jangada, catamarã, ou qualquer outra embarcação que você imaginar. Se preferir, pode, também, mergulhar, aprender *kitesurf*, andar de bugue ou de triciclo. Caminhar pela orla e fazer esportes como vôlei, futevôlei ou *beach tennis*.

Já escrevi, em artigos anteriores, que parte do turismo mundial será feito de forma virtual. Teremos salas de simulação nas quais, por meio de realidade virtual, o turista vai conhecer novos lugares sem sair da sua cidade. Serão experiências ricas, sensoriais, que servirão, entre outras coisas, para os viajantes poderem escolher com antecedência seus destinos. Tenho certeza de que Maceió seria um dos locais preferidos.

Para quem está visitando a cidade, como eu, ainda há um polo gastronômico de qualidade. Excelente variedade de comidas regionais, tanto litorâneas quanto do sertão, além de um grande conjunto de cozinhas com culinária internacional. O hotel em que estou com a família já compreendeu a necessidade de um serviço de alto padrão, e imagino que esse comportamento seja o mesmo nas demais hospedagens de bom nível da cidade. A cultura do turismo está bem sedimentada nesse paraíso urbano.

No entanto, há algo que sempre fugiu à minha compreensão, quando o assunto é receber um visitante de fora. Seja nos hotéis, seja na maioria das praias – e ressalte-se não ser essa uma exclusividade de Maceió – o preço daquilo que se consome é exageradamente alto. É impossível, para mim, compreender a razão de um isotônico custar no hotel quatro vezes mais comparado ao valor no comércio local, ou o camarão no restaurante da praia, com qualidade normalmente inferior, ser mais caro do que aquele dos bons estabelecimentos da cidade. Talvez o hotel não queira vender isotônicos, por isso coloque um preço abusivo, porém duvido que o restaurante da praia não queira vender petiscos.

Evidentemente, por questões restritivas ou de conveniência, o turista acaba pagando um preço mais alto, com relação de custo-benefício altamente contestável. Mas será que esse consumo traz o melhor lucro possível para quem está vendendo? A conta não é difícil de ser feita: imagine que o lucro do hotel em um isotônico vendido por R$ 16 seja de R$ 10, enquanto se for vendido por R$ 10 seja de R$ 4. Então, caso o hotel venda, no segundo caso, três vezes mais isotônicos com o preço mais baixo, vai ter mais lucro.

Calcular essas probabilidades é uma das ramificações da Pesquisa Operacional, matéria na qual iniciei o meu mestrado, mas que não cheguei a concluir, por razões já contadas em outro artigo. Existe uma ciência bem estruturada para fixação de preços ótimos, mas não acredito que qualquer restaurante beira-mar já tenha ouvido falar nisso.

Um governo ideal atuaria nessas horas. Poderia, por um lado, ser um grande agente para fomentar a digitalização das arenas turísticas de Maceió para o mundo, com experiências baseadas em realidade virtual, mas também poderia oferecer capacitação para os estabelecimentos comerciais turísticos, de forma que estes pudessem encontrar uma formação de preço que maximizasse simultaneamente seus lucros e a satisfação do cliente.

Sim, quando o cliente consome um produto ou serviço com bom custo-benefício, ele fica mais satisfeito, eventualmente compra mais e sua chance de retornar ao local aumenta substancialmente. Aconteceu conosco na barraca do Saulo[24], na praia de Ipioca. Serviço de alta qualidade, bons petiscos e um preço muito justo. Gastamos tanto quanto em outras praias, mas consumimos mais e ficamos mais satisfeitos. Por isso, amanhã, enquanto esse artigo estiver sendo publicado, nossa família estará de volta à Ipioca, primeira praia a repetirmos um passeio, justamente na barraca que nos ofereceu o melhor custo-benefício da nossa viagem até agora. Sou adepto dos bons exemplos e, por isso, espero que o Saulo fique rico!

Vem vacina, vai Ford

Outro dia, entrei no mato para piar um inhambu e o que saiu de trás da moita foi um Volkswagen.
—— TOM JOBIM

O país parou atônito diante das notícias de falta de oxigênio medicinal nos hospitais em Manaus. Uma tragédia que levou à morte de vários pacientes e obrigou a remoção de dezenas para outros estados. Eu teria acompanhado esse cenário caótico pela mídia e ficaria sensibilizado, como a maioria dos brasileiros. Mas vivenciei a situação de forma mais dramática. Acompanhei o caso do filho de um amigo – a bem da verdade sou amigo da família toda, inclusive do paciente –, internado, com covid, justo nessas condições temerárias. Apesar do quadro ainda requerer cuidados, a fase mais crítica já foi superada e rogo para que, em breve, ele esteja completamente recuperado[25].

A situação local chegou a um nível tão crítico que seria leviano atribuir o problema a um motivo único. As administrações municipal, estadual e federal não podem se esquivar dos equívocos graves cometidos. Não há justificativa, não se pode terceirizar a culpa ou empurrar para outros as responsabilidades. Ocorreu um conjunto sério de erros e, quem sabe, de desvios éticos e morais. Superado o episódio, é necessário que se faça um diagnóstico rigoroso do ocorrido e, além de medidas para prevenir situações futuras como essa, deve-se penalizar os responsáveis.

Um dos fatores que pesaram no episódio, e ele foi alegado pelas autoridades em tom de justificativa, é a questão logística. Inegável que a localização da capital amazonense é um desafio seja qual for o projeto de distribuição. Isso me traz conexões com o anúncio de despedida da Ford, por causa da decisão de parar a produção de automóveis no Brasil.

Vivemos em um país continental, separados por distâncias e elementos geográficos significativos, se pensarmos na totalidade do nosso território. Nesse cenário, sob qualquer tipo de análise, não seria racional ter como base da nossa movimentação de cargas o modal rodoviário. Segundo os dados da Confederação Nacional de Transporte, a modalidade é responsável por 61,1% do transporte das cargas, contra apenas 20,7% do ferroviário e 13,6% do aquaviário. Essa é uma das heranças malditas da nossa indústria automobilística no Brasil.

Desde 1951, segundo governo de Vargas, até hoje, o país deve ter injetado trilhões de reais em subsídios e incentivos para trazer as montadoras internacionais para cá. Os investimentos sempre foram gigantescos, ao contrário do retorno, que sempre foi pífio. Nos escravizamos em um modal inadequado para nossa geografia, praticamente não geramos nenhuma tecnologia local e as exportações de veículos nunca foram significativas para a balança comercial. Políticas e recursos públicos foram negados a diversos outros setores para fomentar essa indústria. O antigo Ministério da Indústria e Comércio, cujos ministros sempre tiveram forte relações com o setor, deveria se chamar Ministério do Carro (ou do Caro!).

Em um momento em que o Brasil necessita de retomada econômica, vem a Ford e comunica sua saída do país. E assim deve ocorrer com outras e, espero, em um volume suficiente para que os governos – no plural porque os estados também entraram nessa onda – possam ponderar sobre as políticas públicas onde se meteram. Dinheiro público não pode gerar apenas emprego, é preciso gerar riqueza e tecnologia nacional.

Enquanto comemoramos a chegada da vacina, não podemos parar de refletir sobre o que aconteceu até agora. Em quais políticas públicas estamos investindo? Vamos imunizar a população, ótimo; mas vamos criar independência (ou interdependência) tecnológica ou iremos continuar dependendo de outros países? Na próxima crise viral, nossos institutos serão protagonistas ou coadjuvantes na produção de soluções?

Sem conhecer os detalhes, que imagino serem bastante complexos, tive uma sensação desagradável quando vi o Brasil de "pires na mão" pedindo doses de vacina para a Índia, que negou nossa requisição. É constrangedor, igualmente, acompanhar a competição entre estados e União. É ainda pior ver pessoas se posicionando contra a vacina, alegando a "baixa" eficiência, em razão de viés político.

Para quem ainda não compreendeu, a vacina tem possibilidade de produzir efeitos diferentes. Em algumas pessoas, a imunidade; em outras, a redução dos sintomas.

Há indícios de que as principais do mundo, incluindo Coronavac, Astrazeneca e Pfizer, possuem 100% de chance de prevenir os casos mais severos. Ou seja, quem for vacinado terá, no máximo, sintomas leves. Então, além de conter a quantidade de infectados, desafogando a estrutura hospitalar e diminuindo o ritmo de contaminação, a imunização reduz praticamente a zero os casos de morte pela doença.

Espero que os dois episódios, retratados no texto deste artigo, permitam reflexões sobre a importância do pensamento estratégico para o país. Que os trilhões de reais aplicados na indústria automobilística sejam canalizados para os outros modais, especialmente o ferroviário e o hidroviário, com o cuidado de gerar tecnologia local. Ao passo que os bilhões investidos nas vacinas sirvam não somente para o bem da saúde pública, como também gerem melhores condições para o desenvolvimento da ciência médica e biológica do Brasil.

O inviolável
direito de pensar

> Às vezes, a única coisa verdadeira
> num jornal é a data.
> ——— LUIS FERNANDO
> VERÍSSIMO

Sempre apreciei literatura infantojuvenil, motivo pelo qual já devo ter lido boa parte dos livros do gênero que se tornaram sucesso de público. Isso inclui as sagas *Crepúsculo*; *Eragon (Ciclo da Herança)*; *Percy Jackson e os Olimpianos*; *Divergente*; *Instrumentos Mortais*; *Mago*; *A Maldição do Tigre*; *As Crônicas de Nárnia*; *Eu sou o número Quatro (Os legados de Lorien)*; *EndGame – O chamado*; *A Bússola de Ouro*; *Máquinas Mortais*; *Corte de Espinhos e Rosas*, entre outros tantos. Quando gosto muito, leio novamente. Então, por exemplo, li pelo menos três vezes cada um dos sete livros de *Harry Potter* e cada um dos três de *Senhor dos Anéis*, sem contar *O Hobbit*, que já devo ter devorado por quatro ou cinco vezes. Geralmente, além de ler a série completa, assisto aos filmes.

Além de diversão garantida, o costume da leitura desse ramo literário traz, pelo menos, outras três vantagens. Em primeiro lugar, conhecer as obras cria um assunto adicional de conversa com os mais jovens, em particular, com os filhos. Ter um universo comum, fora do cotidiano, permite alcançar temas relevantes e tratar de questões cujas abordagens eventualmente seriam mais difíceis, ao mesmo tempo em que possibilita momentos de lazer, aproximação e descontração em família. Em segundo, tais livros, em geral, são simplificações do mundo real, justamente para se enquadrarem na percepção adolescente mais ingênua da vida, proporcionando reflexões importantes. Por fim, é recompensador quando a leitura permeia os hábitos dos filhos, ainda mais em uma época de atratividade magnetizante de redes sociais, internet, jogos e séries.

Certa ocasião, por recomendação da minha filha Gabriela, assistimos aos quatro filmes baseados na série de livros *Jogos Vorazes*. Na verdade, eu já havia tanto lido as obras, quanto visto as produções para o cinema. A autora, Suzanne Collins, ambientou a saga em um futuro pós-apocalíptico, na América do Norte, onde um país, denominado Panem, é controlado por sua Capital, metrópole que concentra poder, riquezas e uma vida de luxo ostensivo. Os suprimentos, que alimentam a cidade sede do governo, advêm de doze distritos, cada um com sua especialidade, os quais são subjugados pela força bélica e pela mídia, dominadas pelo poder central. A cada ano, como punição por uma revolta passada, cada cidade é obrigada a oferecer dois tributos, um menino e uma menina, entre 12 e 18 anos, para competirem em jogos mortais, transmitidos como um grande Big Brother para a população inteira, onde os participantes digladiam entre si até que reste apenas um sobrevivente.

A personagem principal da trama, uma adolescente pobre de 16 anos do Distrito 12, Katniss Everdeen, consegue inspirar e se tornar garota propaganda de uma revolução, há muito planejada pelo Distrito 13, que supostamente havia sido bombardeado e não mais existia. A rebelião possui um arsenal inferior ao necessário para um conflito frontal e, então, inicia uma batalha pela primazia da comunicação. Capital e rebeldes passam por uma competição com o objetivo de mobilizar ou desmobilizar correligionários. Uma verdadeira guerra de manipulação da opinião pública.

Na aventura, existem somente dois lados, mas, em nossa vida real, somos abordados de maneira multilateral. Não apenas pelos defensores e adversários dos governos, como também pelos mais diversos simpatizantes de ideologias, religiões e interesses econômicos em geral. No conjunto de influenciadores, não restam dúvidas sobre serem esses últimos os mais poderosos quando se trata de elementos de persuasão. Provavelmente, você já optou diversas vezes por uma marca "A" em detrimento de uma "B", simplesmente porque a primeira tem um marketing melhor do que a segunda. No entanto, você não é manipulado tão somente pela propaganda das marcas. Nas redes sociais, sem contar os influencers, os próprios aplicativos tentam direcionar sua atenção para aquilo que a Inteligência Artificial dos sites acredita ser suas preferências. Se você, por exemplo, simpatiza com pensamentos políticos de esquerda ou de direita, vai encontrar muito mais *posts* favoráveis à sua linha em vez dos que possuem tendências contrárias.

Nos sites de compra, vale o mesmo, algoritmos coletam cada pedaço de informação possível para detectar suas predileções, construir seu perfil e direcionar sua próxima compra. Ainda que você não compre, somente o fato de pesquisar um item já é suficiente para os banners dos sites que você visitar daí em diante serem apresentados de modo a sugestionar uma compra. Até comentários inocentes, feitos no ambiente físico, são captados pelos aplicativos do seu celular e geram anúncios para aproximar você dos seus próprios interesses que, por acaso, "coincidem" com os dos anunciantes.

Apesar de ostensiva, a tentativa de converter suas tendências de compra em compras efetivas é legítima. Você está sendo influenciado o tempo todo, mas, nesse caso, de relações comerciais, salvo por eventuais abusos, o jogo é dentro de padrões aceitáveis.

Não é o caso que vem ocorrendo com muitos jornalistas e veículos de imprensa. Eu pesquisei o Código de Ética dos Jornalistas Brasileiros, de onde extraí alguns artigos, os quais transcrevo a seguir:

> Art. 2º – A divulgação da informação, precisa e correta, é dever dos meios de divulgação pública, independente da natureza de sua propriedade.
> Art. 3º – A informação divulgada pelos meios de comunicação pública se pautará pela real ocorrência dos fatos e terá por finalidade o interesse social e coletivo.
> Art. 7º – O compromisso fundamental do jornalista é com a verdade dos fatos, e seu trabalho se pauta pela precisa apuração dos acontecimentos e sua correta divulgação.

Art. 13 – O jornalista deve evitar a divulgação dos fatos: – Com interesse de favorecimento pessoal ou vantagens econômicas; – De caráter mórbido e contrários aos valores humanos.

Cabe elogiar a Associação Brasileira de Imprensa pelo esmerado trabalho. Como se pode observar, a divulgação de informação deveria ser precisa, correta, buscando a verdade dos fatos e pautada pelo interesse coletivo, jamais por finalidades particulares. A propósito, essa nobre profissão possui relação direta com o pleno exercício da democracia, que não pode existir sem a liberdade de imprensa.

Infelizmente, parte da mídia, talvez por conta da necessidade de fornecer notícia imediata, buscar cliques e superar a concorrência, tem sido irresponsável, superficial e sensacionalista ao distorcer a verdade dos fatos em busca de audiência. Tentam manipular o público sem medir ou se comprometer com as consequências dos efeitos.

Nas histórias ficcionais dos livros infantojuvenis, em geral, o maniqueísmo está presente e o bem vence o mal. Na vida real, os espectros vão muito além de lados opostos. Interesses múltiplos operam simultaneamente em busca de arregimentar compradores, aficionados e massas de manobra. As tentativas de manipulação ocorrem a cada momento. O melhor que se pode fazer é ter consciência disso e exercer o inviolável, intocável, inabalável direito de pensar. Pensar antes de decidir, reproduzir, repetir ou compartilhar!

"All"Techs

As pessoas devem fazer parte da construção do futuro, em vez de sentir que o futuro está sendo imposto a elas.
——— REID HOFFMAN

Em meados de 2018, no final da minha gestão na Federação Assespro, fui procurado por um amigo que trabalhava na área de Relações Institucionais de um banco digital. Ele me perguntou sobre o nosso posicionamento em relação a algumas matérias que estavam sendo debatidas no Congresso Nacional e, em breve, se transformariam em leis. O posicionamento da FEBRABAN – entidade representativa do setor bancário –, naquela ocasião, era desfavorável para os interesses defendidos por ele.

Dentre as questões, lembro-me de uma a respeito do ISS (Imposto Sobre Serviços). Os bancos tradicionais possuem diversas agências em inúmeras cidades, enquanto os iminentemente digitais não. Outra matéria era sobre a concessão de limites de crédito para os clientes. Segundo o projeto que estava sendo apresentado, qualquer cliente poderia exigir revisão dos critérios que levaram o banco a estabelecer o dito limite. Até aí, tudo bem. Ocorre que os parlamentares queriam exigir nessa fase, obrigatoriamente, a supervisão humana. Ora, uma das vantagens competitivas dos bancos digitais é justamente a automação da maior quantidade possível de procedimentos, dessa forma, a possível lei, retrógrada, seria demasiadamente prejudicial.

O cenário era extremamente interessante: um banco sendo melhor representado por uma entidade do setor de Tecnologia da Informação ao invés de pela própria entidade do setor bancário. Como eu já estava de saída da presidência da Assespro, não acompanhei o desdobramento dos fatos, mas o episódio ficou marcado. Atualmente, existem inúmeras iniciativas empresariais, normalmente em *startups*, que misturam tecnologia com operações bancárias, denominadas FinTechs.

Apenas como referência, para aqueles que são menos familiarizados com o conceito, uma das instituições reconhecidas como expoente desse grupo recente de empresas é o Nubank, cuja avaliação de mercado, segundo o Yahoo Finance, é de US$ 25 bilhões.

Os bancos digitais são muito mais atrativos para as gerações mais novas, pois compreendem melhor suas necessidades, oferecem custos menores e navegam com facilidade pelas plataformas digitais. A identificação é automática. O interessante é que a tecnologia não faz parte simplesmente das instituições e de suas soluções. Está no cerne da concepção das ideias, possibilitando uma mudança de paradigma para as demais organizações do mesmo segmento.

Uma das empresas que mais transporta pessoas no mundo não possui sequer um veículo para essa finalidade, assim como uma das que mais hospeda não tem imóveis para tanto. Uber e Airbnb reinventaram negócios tradicionais por intermédio de aplicativos. Rappi, iFood e Uber Eats também não possuem restaurantes.

Na área jurídica, as LawTechs, ou LegalTechs, da mesma maneira, estão invadindo o mercado. Há plataformas dedicadas a análise de grandes volumes de dados e se utilizando de jurimetria (estatística aplicada ao direito), bem como outras empenhadas na automação de peças jurídicas. Somadas, essas plataformas, com uso de Inteligência Artificial, serão capazes de produzir petições com chance de sucesso superior aos escritórios tradicionais de advocacia. Isso porque têm o poder computacional de analisar o tipo de argumento mais aceito por um juiz ou tribunal, ao estudar suas decisões pretéritas, jurisprudências e correntes de pensamento.

As EdTechs, conjunção de educação e tecnologia, avançaram durante a pandemia. Desde o ensino básico até o doutorado, passando por curso técnicos de especialização, os estabelecimentos de ensino tiveram que trilhar novos caminhos em função do isolamento social. Várias plataformas educacionais surgiram e proporcionaram experiências bem diferentes aos usuários. Na excelente matéria "O que está mudando no mercado de EdTech", escrita por Bruno Milagres, no site UOL EdTech, o autor resume que as iniciativas em educação precisam atender as seguintes necessidades dos alunos: acessibilidade, personalização e engajamento. Curiosamente, a matéria é de 2019.

De acordo com o 2º *Censo AgTech Startups Brasil*, realizado em 2018, há uma estimativa de mais de 300 *startups* brasileiras dedicadas ao agronegócio. Automação da produção via drones e robôs; agricultura e pecuária de precisão; biotecnologia; monitoramento e integração de áreas rurais com a utilização de IoT (internet das coisas) são exemplos da evolução do setor. Novas fronteiras de eficiência, qualidade, distribuição e logística estão sendo rompidas com o uso intensivo de tecnologias.

O que denominamos hoje de negócios digitais, portanto, no futuro serão apenas negócios. A economia digital será a economia real. A inserção da tecnologia nos modelos organizacionais, em seus serviços e produtos é um caminho sem volta. Esse fenômeno irá produzir uma revolução no perfil de empresas bem-sucedidas, no tipo de emprego que será gerado, nas formas de comunicação utilizadas, nas novas relações humanas e nos rumos dos governos. A transformação digital, acelerada pela pandemia, é um imperativo social.

Talvez você, leitor, ainda prefira andar de taxi, ligar para reservar um hotel, ir para pós-graduação fisicamente ou encontrar com seu gerente em uma agência bancária. Suas preferências são pessoais e inquestionáveis, mas, se eu fosse você, começaria a se desgarrar desses hábitos e encontrar outros, porque o futuro nos tornará cada vez mais virtuais.

Desempenho

A vida é e sempre será uma equação sem solução, mas com certas variáveis conhecidas.
——— NIKOLA TESLA

No final dos anos 80 e no começo dos anos 90, eu prestava serviços para uma loja de materiais de construção em Brasília chamada Construdantas. Meu trabalho era dar manutenção no software de gestão da empresa, desenvolvido na linguagem de programação Clipper. No início, o computador disponível era um PC 286. Assim que eu terminava as alterações solicitadas, colocava a máquina para "compilar", o que significa, em poucas palavras, o processo de transformar o código escrito por mim em um arquivo executável, um aplicativo, no linguajar moderno. Isso tomava quinze minutos de processamento, o que me deixava, de alguma forma, constrangido, afinal, eu recebia por hora.

Um erro na minha programação significava que eu precisaria compilar duas vezes, ou seja, metade do pagamento referente àquela hora seria consumido pelo procedimento. Felizmente, sempre fui cuidadoso e conseguia entregar um bom resultado, motivo pelo qual continuei sendo contratado até quando minhas demais atividades não mais permitiam. Com o passar do tempo, a capacidade dos computadores foi aumentando. Já ao final do meu contrato, a empresa havia adquirido um Pentium e, o que levava 15 minutos antes, começou a ocorrer em apenas 40 segundos. Um aumento de 2.200% de performance!

Há dois aspectos relevantes na história: o perceptível aumento da capacidade de processamento e um segundo ponto menos visível. Com o mesmo computador, o tempo para o procedimento era sempre similar, com variações minúsculas. O desempenho das máquinas, regidas pelas ciências exatas, é regular, estável e passível de ser calculado.

Com os seres humanos a situação é muito diferente. Em algumas ocasiões, o indivíduo acorda sentindo-se bem, daí vai praticar a atividade física que gosta (ou nem gosta tanto, mas faz assim mesmo por disciplina) e performa extremamente bem. Fica feliz, passa um bom dia, dorme bem e, na manhã seguinte, apesar de todo ânimo, se desempenha muito mal em exercício idêntico ao dia anterior. Não somos regidos pela matemática ou pela física e sim pela biologia.

Esse é um dos fatores pelos quais é tão difícil prever o impacto das doenças em cada organismo, especialmente no caso dos vírus, em função da sua alta capacidade de mutação. Não é incomum, dessa forma, pessoas supostamente mais saudáveis responderem pior ao coronavírus do que as de grupos de risco. Certamente, o leitor vai se lembrar de pessoas próximas que tiveram reações muito diferentes da esperada. Por outro lado, não significa que os sintomas e reações sejam aleatórios. Quanto mais se conhece sobre a doença e quanto mais houver avanços na engenharia genética, mais previsível será o comportamento dos organismos.

Ademais, quando certa ocorrência acontece uma grande quantidade de vezes, como no cenário da pandemia da Covid-19, há a possibilidade de se trabalhar de forma segura com estatísticas. Atualmente[26], o número de infectados no mundo passa de 100 milhões e o número de mortes é superior a 2 milhões, o que nos traz uma taxa de mortalidade na casa de 2%, segundo a Universidade Johns Hopkins. Os casos leves correspondem a 80,9% das infecções, enquanto 13,8% são severos e 4,7%, críticos. As comorbidades são decisivas em relação aos óbitos. Apenas 1% dos falecimentos ocorre em pessoas sem doenças crônicas, enquanto 25%, 26% e 48% correspondem, respectivamente, a uma, duas e três ou mais comorbidades.

De volta à questão computacional, a evolução da velocidade dos equipamentos tem um papel extremamente relevante na prevenção, no combate à doença e na criação de vacinas. Atualmente, por exemplo, já é possível identificar se você viajou, de trem ou avião, com alguém infectado, por meio de um aplicativo da chinesa Qihoo 360. Basta informar os dados da viagem.

Com as estatísticas sobre taxa de contágio de um vírus e a disposição em um mapa da população mundial, seria perfeitamente possível fazer simulações sobre o número de contaminados, incluindo medidas restritivas de movimentação. Outro estudo poderia determinar o impacto na economia de cada modelo de confinamento, considerando horários, grupos populacionais, atividades econômicas viáveis e vedadas. Essas simulações, multidisciplinares, deveriam ser o núcleo central de inteligência para a decisão dos governos, ao contrário do que vimos até agora.

A Inteligência Artificial já está sendo utilizada tanto para detecção da Covid-19 – como em um desenvolvimento efetuado por especialistas da Universidade de Oxford –, quanto para a produção de vacinas – como é o caso de várias entidades e empresas chinesas a exemplo da Sinovac, da CanSinoBIO, da Sinopharm e da Academia de Ciências da China.

O avanço da engenharia genética e a identificação de uma quantidade maior de substâncias pode levar a um cenário de uso de Big Data (análise e interpretação de grandes volumes de dados) muito interessante, seja pelo estudo de informações e resultados clínicos ao redor do mundo como, também, por uso de simulações. Nesse ponto há uma oportunidade que deveria ser explorada pelo Brasil. Nenhum outro lugar tem tanta biodiversidade quanto nosso país. O teste de substâncias novas com uso de Big Data e Inteligência Artificial tem um potencial gigante na descoberta de novos elementos de cura.

No site da EBC, Empresa Brasil de Comunicação, há uma ótima matéria com o professor Dalton Cunha sobre a história das pandemias e epidemias pelo mundo. Não é difícil constatar que a crise atual não foi a primeira e não será a última. É mandatório que a humanidade esteja mais bem preparada para os desafios futuros e se utilize das tecnologias disponíveis. Esse caminho é uma oportunidade de reposicionamento para o Brasil. Temos excelentes cientistas de dados, fazemos simulações extremamente complexas (quem não conhece o assunto pode explorar o tema na extração de petróleo em águas profundas feita pela Petrobras), possuímos a maior biodiversidade do planeta, contamos com ótimos institutos de pesquisa na área biomédica. O que não temos é estratégia. Acorde, gigante adormecido!

Pequenos e grandes novos dilemas

*Não tenho certeza de nada, mas a
visão das estrelas me faz sonhar.*
——— VINCENT VAN GOGH

Os Jetsons, um desenho da década de 1960, trouxe para a tela uma diversidade de inovações tecnológicas. Algumas delas ainda são distantes da nossa realidade, como o caso dos carros voadores, das máquinas de auto-higiene e dos prédios flutuantes. Outras tantas já se materializaram, como é o caso das compras em supermercados sem atendente, dos robôs auxiliando em tarefas humanas, dos assistentes personalizados e da biometria facial.

Uma das que mais me impressionava, no entanto, era a que permitia ligações por vídeo. Enquanto criança, assistindo aos episódios, eu imaginava o quanto seria espetacular poder ver meu interlocutor, independentemente da distância. Pensava, também, que em algumas situações isso poderia ser constrangedor, por revelar ao outro cenas indesejadas. Curiosamente, mesmo após a disseminação da tecnologia por meio dos celulares, a prática se consolidou exclusivamente durante a pandemia. Por várias razões, digitar textos nos aplicativos de mensageria sempre foi mais popular do que fazer chamadas de qualquer outro tipo.

O ingresso das inovações em nosso cotidiano tem trazido diversos dilemas inéditos. Respeitar os mais velhos, não interromper enquanto o outro está falando, ouvir mais do que falar, não gritar e não se utilizar de vocabulário inadequado são exemplos de mantras repetidos por gerações, mas cuja aplicação nas comunicações remotas e multilaterais não é tão trivial.

Provavelmente, você, assim como eu, participa de vários grupos de WhatsApp. Amigos de distintas épocas e atividades, colegas de trabalho e familiares. Os limites dos temas abordados, das formas de manifestação, da quantidade de conteúdos nem sempre são claros. Não raro, pessoas descontentes censuram aqueles que abusam, reprimem temas, saem dos grupos e até rompem relações pessoais por divergências de entendimento. Em alguns grupos as relações entre os participantes são equivalentes, mas, em outros, alguns membros possuem um papel de liderança reconhecido, o que gera obrigações. Nas diversas entidades – empresarias, de representação coletiva ou de entretenimento – das quais fui presidente, sempre tive que conviver com a responsabilidade de mediar aglomerações virtuais. Dependendo do tema, a explosão das mensagens ocorre em minutos, levando a situações de risco para o relacionamento futuro das pessoas envolvidas e, por consequência, para a saúde da comunidade. Intervenções são difíceis, contudo, absolutamente necessárias.

Outra cena que se tornou comum são as abordagens através de listas de distribuição. Para quem não conhece o recurso, é possível remeter a mesma mensagem, nos aplicativos de mensageria, para várias pessoas simultaneamente. A questão é: qual a obrigação daquele que recebe uma mensagem padronizada e largamente distribuída? Será que, por educação, deve dar retorno sempre, mesmo que seja apenas com um *emoji*. Será que é falta de educação não responder. Talvez seja polido pedir para ser excluído da lista ou isso pode ferir os sentimentos do amigo?

Uma situação corriqueira, mas completamente nova, ocorre quando alguém está no processo de digitar uma mensagem. Para quem presta atenção nos aplicativos de mensageria, sabe que, nesse momento, aparece no próprio celular uma indicação de que o outro está "*digitando...*" E agora, o que fazer? Seria o mais adequado aguardar que o outro se manifeste ou simplesmente escrever aquilo que você pretende escrever? Quando o debate está acalorado, não é uma decisão trivial.

As reuniões virtuais, principalmente aquelas com vários participantes, é outra fonte de dilemas. É difícil, por exemplo, identificar se os interlocutores estão olhando para sua apresentação, ou se estão mirando a tela para jogar paciência. Parecem concentrados, e talvez até estejam, porém não necessariamente naquilo que é o tema do encontro. A princípio, poderia se argumentar que a polidez e os bons modos apontam para a presença integral, mas, na prática, chegam e-mails e mensagens urgentes, as pessoas ficam entediadas, alguém da família invade o ambiente e o desafio está gerado.

Do lado positivo, um hábito que está se consolidando é o da pontualidade. As reuniões virtuais estão tornando esse comportamento parte da cultura. Isso porque, muitas agendas estão sendo efetuadas de maneira consecutiva e atrasar causa um efeito dominó. A fala comum é que se ganhou bastante tempo com o home office. No entanto, é estranho, quiçá incompatível com o tal ganho, que as pessoas estejam trabalhando muito mais. Tomara que a verdade seja que a produtividade geral tenha aumentado de forma significativa e não que se esteja trabalhando mais horas e se obtendo menos.

Até a evolução dos equipamentos está provocando situações inusitadas. Alguns designers de celulares, sabe-se lá por qual razão, tiveram a genial ideia de se utilizar da mesma entrada que serve para carregar os aparelhos para, também, conectar fones de ouvido. Se algum dia, como aconteceu com a editora Lidyane Lima, você estiver com a bateria acabando enquanto participa de uma reunião de negócios, é possível que os bons costumes não prevaleçam em suas palavras para aqueles que fizeram essa modificação.

Em 11/02/2021, o Supremo Tribunal Federal decidiu que não há amparo na Constituição para o chamado "Direito de Esquecimento", esse sim, um dilema sério. Fatos obtidos de forma legal não podem ser suprimidos de qualquer mídia pelo simples pedido do protagonista. Em um mundo cada vez mais hiperconectado, isso significa, em poucas palavras, que você pode se esquecer, mas a internet não. A vida de cada indivíduo será progressivamente mais registrada, mais exposta, mais pública. Talvez seja o momento adequado para enfatizar os velhos e bons ensinamentos quanto à educação, ao respeito pelo próximo, ao comedimento e ao bom comportamento social.

Eu quero um biscoito

[Coautoria de *Luiz Queiroz*]

> *A nossa privacidade está sendo atacada em várias frentes.*
> ——— TIM COOK

Foi em um desenho animado, ou em um filme, que me deparei com uma passagem curiosa. O personagem trabalhava com seu computador pessoal quando, de repente, apareceu na tela a mensagem: "Eu quero um biscoito". O dispositivo ficou travado até que o indivíduo digitou "biscoito". Minutos depois, surgiu uma nova mensagem: "Eu quero dois biscoitos". Da mesma forma, o protagonista somente conseguiu prosseguir quando digitou "biscoito biscoito". O vírus continuou até tornar inviável o trabalho.

Fora das histórias de ficção, o primeiro vírus de computador foi codificado em 1971 e batizado de Creeper. Não causava danos, foi criado com o intuito de testar a teoria do matemático John von Newmann que, no final dos anos 1940, escreveu sobre autômatos capazes de se autorreplicarem. De lá para cá os códigos maliciosos ganharam sofisticação, variedade e atacaram países, corporações e indivíduos. São utilizados com objetivos dos mais diversos, inclusive como estratégia de espionagem, desestabilização de adversários e operações ilegais.

Na mesma proporção, cresceu a indústria dos antivírus, que se propõe justamente a proteger o usuário de efeitos tão perniciosos. Para cada tipo de código malicioso existem várias plataformas de defesa. Há quem diga que as próprias empresas de antivírus possuem participação na criação de ameaças em paralelo com as atividades de combate ao submundo do crime na internet, no intuito de alimentar uma cadeia de dependência. Assim, a cada dia surgem mais opções, de um lado e de outro, em uma luta sem fim.

É fato registrado por internautas a atuação da "indústria do medo" e a percepção de que as empresas de segurança cibernética costumam aumentar a comunicação com seus usuários sobre os riscos, ao passo que alertam sobre a data de vencimento para renovação dos seus contratos. Uma relação questionável que acaba irritando esses clientes e levantando dúvidas sobre uma suposta vinculação comercial entre os dois mundos.

Esse comportamento, de evolução provocada pelo "adversário", já começou a ocorrer em outra matéria que tem tomado os noticiários. Recentemente vimos diversos episódios de vazamento de dados pessoais, como números de celulares, documentos de identificação, informações médicas, datas relevantes e outros tantos. São alvos entidades privadas e públicas, indistintamente.

A preocupação com essa temática tem provocado, já há alguns anos, a criação de leis em vários países para regulamentar a proteção desses dados. No Brasil, foi publicada em 2018 a Lei nº 13.709, conhecida como Lei Geral de Proteção de Dados Pessoais (LGPD). O texto entrou em vigor em setembro de 2020 estabelecendo limites, diversas obrigações e penalidades para quem guarda esse tipo de informação.

A questão central, pouco debatida, até porque a implantação da LGPD gerou um mercado enorme de consultorias técnicas e legais, além de vendas de software, é o que fazer se o dado do cidadão já vazou. Os meus dados, os seus, os de celebridades e os de autoridades estão sendo vendidos por preços módicos na internet. Não importa quão severas, doravante, sejam as regras que protegem minhas informações pessoais se elas já estão disponíveis.

A legislação estabelece deveres para as empresas, mas não obrigações para os usuários, sob o ponto de vista de serem os primeiros a terem responsabilidade com relação a resguardar a privacidade deles. O que pode tornar complicado para as instituições assegurarem essa privacidade, se os detentores desses dados não tiverem um comportamento de salvaguardá-los de prestadores de serviços que não foram claros quanto ao uso que farão deles no futuro.

O vazamento, portanto, torna-se inevitável. Se, porventura, o indivíduo teve sorte agora e não houve comprometimento nesse momento do tempo, haverá no futuro. É justamente a corrida entre os vírus e os antivírus. A cada versão nova de segurança adotada por uma empresa, haverá uma nova técnica para invadir esse mecanismo, que, por sua vez, será bloqueada por um avanço na segurança, que, rapidamente, será quebrada pelo aprimoramento de código feito por um hacker. O processo é cíclico.

Se essa tese for verdadeira e, por analogia com o já ocorrido em outras áreas, parece ser, a LGPD, e suas correlatas mundo afora, já nasceram com premissas absolutamente ultrapassadas. Essa é uma discussão histórica na tecnologia: é possível legislar sobre algo que está sempre inovando ou o caminho é apenas estabelecer princípios que possam contribuir para a tomada de decisões com base no regramento jurídico vigente?

A pandemia acelerou a transformação digital significativamente. Em velocidade recorde, serviços foram disponibilizados para os clientes, colaboradores e parceiros. Programas inteiros de distribuição de renda, cadastramentos sanitários e de saúde foram criados, envolvendo milhões de cidadãos. No saldo, esse movimento é benéfico e já trouxe inúmeras vantagens que podemos observar no dia a dia. No entanto, essa rapidez, com certeza, produziu muitos sistemas com vulnerabilidades maiores que as normais, justamente uma das justificativas para tantos roubos de informação.

Um novo paradigma precisa emergir. Eventualmente, apenas como provocação, alguns dos dados deveriam ser considerados públicos, afinal, lícita ou ilicitamente, já o são. Não há como devolver o sigilo do meu CPF, da minha data de nascimento ou do meu celular, uma vez que não pretendo trocar de número.

Por óbvio que há situações mais sensíveis, seja quanto à qualidade – por exemplo, se envolverem saúde, transações financeiras e questões de justiça –, seja quanto ao alvo, no caso com destaque para autoridades públicas.

Uma alternativa seria enrijecer o controle sobre o que é mais sensível e afrouxar o resto. Não para é razoável que as leis e autoridades reguladoras tenham foco em pequenos estabelecimentos com pouca quantidade de informações ou em dados que não sejam sensíveis.

Em qualquer cenário, há uma previsão certeira. Com os dados já expostos, virá um aumento nas fraudes e nas iniciativas antifraude, em mais um ciclo sem fim. Portanto, como sugestão de investimento, eu recomendo empresas de tecnologia focadas em biometria, segurança da informação e detecção de fraude.

Superior, tem certeza?

Pare de se importar com as opiniões alheias. Se eu ouvisse tudo o que me diziam, não teria conseguido deixar de ser camelô para me tornar banqueiro.
—— SILVIO SANTOS

Um atrevido parafuso, ultrapassando os objetivos de sua concepção, decidiu, de forma sorrateira, interagir invasivamente com o pneu do meu carro. Após o episódio, não tive opção; fui procurar um borracheiro. Parei na Borracharia do Ivan e, apesar dos vários trabalhadores do local, tive o privilégio de ser atendido pelo dono que, naquele dia, contava com um ajudante especial: seu neto.

Lembrei-me de quando, ainda criança, ajudava meu pai em sua oficina de conserto de eletrodomésticos, motivo pelo qual nutri uma simpatia imediata pelo lugar. Perguntei ao menino o que ele gostaria de ser quando crescesse e a resposta veio sem qualquer hesitação: quero ser borracheiro como meu pai e meu avô. Descobri, falando com o Ivan, que o borracheiro já atuava no ramo há mais de 30 anos, tinha uma filial do negócio e que o filho havia montado uma loja, com o mesmo nome, em uma cidade vizinha.

Cobrindo uma das paredes do estabelecimento, estavam várias medalhas e fotos de inúmeras cidades, refletindo a participação de Ivan em eventos de corrida de rua. Criara sua família com dignidade e, já há algum tempo, está usufruindo de certa prosperidade, podendo praticar sua modalidade preferida, viajando Brasil afora. Seu negócio, pelo visto, foi pouco afetado pela pandemia, sinal de que os parafusos que entram em pneus jamais estiveram em regime de confinamento.

Minha casa contém uma grande quantidade de madeira. Para a conservação por longo prazo, com o mesmo aspecto, beleza e funcionalidade, é necessário um tratamento regular e especializado. Atualmente, uma equipe comandada por Francisco está cuidando disso para mim, assessorado pelo filho. Eles possuem uma agenda cheia e são bastante requisitados, em função de uma experiência de diversos serviços executados com sucesso, alta qualidade e preço justo.

Nem meu pai, nem o Ivan, nem o Francisco fizerem curso superior, no entanto, conseguiram, em patamares diferentes, cumprir os seus papéis como sustentáculos de suas famílias. Profissionais com boa formação técnica são requisitados pelo mercado e, quando possuem habilidade para conduzir o próprio negócio, têm grandes chances de prosperar.

O Brasil já possui algumas entidades de excelência no ensino profissionalizante – SENAI, SESI e SENAC são os expoentes– e isso pode se confirmar pelos resultados internacionais que temos obtido ao longo dos anos. Desde 1950, a International Vocational Training Organization

(IVTO) promove, a cada 2 anos, a competição denominada WorldSkills, que nada mais é do que um Torneio Internacional de Educação Profissional.

Os jovens competidores são selecionados em seus países, dentro das suas competências, compreendendo uma grande gama de profissões, tais quais: mecatrônica, marcenaria, web design, vitrinismo, eletrônica predial e industrial, serviços de restaurante, instalação e manutenção de redes, tornearia, mecânica de automóveis, além de muitas outras. Desde 2007, o Brasil ocupa uma das cinco primeiras posições no ranking, sendo que em 2015 vencemos na edição realizada em São Paulo.

Participei do evento tanto em São Paulo (2015) quanto em Leipzig, na Alemanha (2013), na condição de um dos representantes da Federação das Indústrias, em especial, com foco nas competições ligadas ao setor de Tecnologia da Informação (TI). O ambiente do festival é extraordinário, pulsa um clima de competição, respeito, entusiasmo e intercâmbio. As autoridades presentes, em comitivas de diversos países, são prova da importância que esse tipo de formação recebe pelo planeta.

O desenvolvimento de qualquer vocação econômica depende de recursos humanos capacitados. Nos últimos anos, o setor de TI, apesar dos bons salários e condições de trabalho, tem sofrido para contratar e reter mão de obra qualificada. Apenas na minha empresa, em 2020, chegamos a ter mais de 50 vagas em aberto. Com o home office, não mais importa onde o técnico reside, de forma que competimos com empresas localizadas em grandes centros urbanos nacionais e internacionais. Em função das taxas de câmbio, ganhar em dólar, neste momento do tempo, é bem atrativo, assim como, para as empresas multinacionais, é bastante vantajoso pagar em dólar para profissionais de países cujas moedas estão menos valorizadas.

Tenho feito uma defesa histórica para que o Brasil se reposicione internacionalmente por intermédio de investimentos em Tecnologia da Informação. Uma economia baseada em conhecimento é mais próspera, mais democrática e mais independente, justamente o oposto de economias baseadas em *commodities*. Para tanto, precisamos, entre vários outros fatores, qualificar a nossa população. Sempre serão muito bem-vindos os graduados, mestres e doutores, motivo pelo qual a aproximação do setor com as faculdades é vital. Mas há um grande espaço para formação de nível médio profissionalizante, técnico e tecnólogo. Assim como meu pai, o Ivan e o Francisco, o futuro pode estar repleto de especialistas, sem curso superior, que sustentam suas famílias dignamente.

Já temos as instituições de ensino, uma massa populacional adequada e, inclusive, a compreensão de governos nessa direção, tanto é assim que contamos com iniciativas como o Pronatec – Programa Nacional de Acesso ao Ensino Técnico e Emprego – e, recentemente, tivemos a reforma do ensino médio, que prestigia, mais do que o modelo anterior, a qualificação voltada para a inserção no jovem no mercado de trabalho. Dispomos, ainda, das escolas técnicas nacionais e estaduais, além dos já mencionados SESI, SENAI e SENAC. Precisamos apenas de uma modificação na crença de que ter um curso superior é sempre o melhor para o indivíduo. Bill Gates, Steve Jobs, Mark Zuckerberg e Michael Dell, bilionários e ícones do setor, não ostentam diplomas da faculdade pendurados em suas paredes!

Esperanto

*O valor da vida pode ser medido
pelas vezes em que sua alma
foi profundamente tocada.*
——— SOICHIRO HONDA

Em 2016, estive na bela cidade de Wroclaw (Breslávia), na Polônia, para jogar o campeonato mundial de bridge, representando o Brasil. Certo dia, fui a um supermercado com o objetivo de comprar bebidas típicas do país. Deparei-me com um funcionário que falava apenas polonês. Apesar das minhas tentativas de encontrar alguma semelhança com os idiomas que eu conhecia, não houve sucesso na comunicação. Após algum tempo eu disse: "Brasil" e ele respondeu: "Ronaldinho". Finalmente, havíamos encontrado o futebol para que nosso encontro não fosse completamente vazio. Digo aos amigos que consegui avançar rapidamente na minha capacidade de me relacionar em polonês, uma vez que, quando voltei ao local e vi o mesmo cidadão, não perdi tempo, já conseguimos estabelecer o diálogo: "Brasil – Ronaldinho!".

Após a experiência, consegui compreender melhor as motivações do médico Ludwik Lejzer Zamenhof, que em

1887 publicou a versão inicial do esperanto. Vivendo em Bialystok (hoje Polônia, mas há época Império Russo) e cercado por povos que falavam diferentes dialetos, ele sentiu a necessidade de criar um protocolo de comunicação.

No mundo da tecnologia, problema similar foi resolvido pelos conhecidos pais da internet: Vint Cerf[27] e Robert Kahn, que criaram o protocolo TCP/IP, o qual permite que diferentes dispositivos da rede se comuniquem, trocando dados. É justamente esse protocolo que possibilita que uma pessoa possa interagir do seu próprio celular com a rede mundial de computadores e consultar, por exemplo, onde fica exatamente a cidade de Bialystok e, por curiosidade, descobrir que o nome significa "declive branco".

Nesse mesmo ano da visita a Wroclaw, tive o imenso prazer de conhecer pessoalmente Vint Cerf. Uma figura elegante, acessível, com uma imensa preocupação sobre os impactos sociais da tecnologia e dono de um pensamento que continua à frente do seu tempo. Em sua palestra no WCIT 2016[28], em Brasília, abordou temas relevantes, inclusive os desafios da internet quando extrapolarmos o globo terrestre e começarmos a pensar no âmbito do sistema solar.

No decorrer do evento, que organizei enquanto era presidente da Federação Assespro[29], recebi essa lenda em minha casa, juntamente com uma constelação de expoentes mundiais do setor: George Newstrom, Santiago Gutierrez, Soumitra Dutta, Jim Poisant, além do fundador da Operation Smile, Bill Magee, e do meu querido amigo Humberto Ribeiro. Cada um deles possui amplo currículo, com atuações de destaque global. Uma noite memorável que ficará marcada em minha alma para sempre.

Recentemente, no processo de pesquisar citações para a composição deste livro, encontrei uma das muitas frases de efeito produzidas por Cerf: "Ao posicionar a inteligência nas pontas ao invés do controle no centro da rede, a internet criou uma plataforma para inovação." Imediatamente, fiz contato explicando o meu propósito e disse-lhe que ficaria honrado se ele pudesse escrever algumas palavras para que eu inserisse na obra. Solícito, como de costume, presenteou-me com o artigo inédito a seguir:

> "The architecture of the Internet has contributed significantly to its ability to respond to new demands and to absorb new technologies, new protocols and new applications. It is deliberately 'incomplete' in the sense that there is room for new additions at pretty much every layer of its architecture. The most difficult place for change or addition is at the Internet Protocol layer where we have the experience of trying to add IP version 6 (IPv6) to the earlier IP version 4 (IPv4) as we run out of the IPv4 address space. The two protocols do not interoperate and that has made the 'dual stack' migration path more difficult and slower than desired. At other layers in the architecture, new protocols have been added easily and at the application later, the rate of innovation is extremely high, such as the 'app' space for mobiles. As the capacity of the system has increased and as the participants in its services have grown, users have actually gotten closer to the servers because peering between the application service providers (e.g. cloud providers, content distribution providers) and the user's access networks are more directly connected than ever. This is accomplished either by placing servers in the head ends or central offices of the access providers or by global build out of application provider networks that connect directly to the user's last hop network. Some observers refer to this as a

'flattening' of the network. In addition to this, we are seeing massive investment in wireless services ranging from 5G to low Earth orbit satellites as well as Wi-Fi in many urban and suburban centers. There is still in 2021 a lot of work to do to bridge the 'digital divide' but a great deal of investment is aimed at that objective."

Vint Cerf

***

Tradução livre[30]

"A arquitetura da internet contribuiu significativamente para sua capacidade de reagir às novas demandas e absorver novas tecnologias, novos protocolos e novas aplicações. [A internet] é deliberadamente 'incompleta' no sentido de que há espaço para aditivos em basicamente todas as camadas de sua arquitetura.

O lugar de maior complexidade para mudanças ou aditivos é na camada de protocolo de internet (IP) onde estamos vivenciando a tentativa de incorporar a versão 6 de IP (IPv6)[31] à anterior versão de IP 4 (IPv4)[32], na medida em que a IPv4 está ficando sem espaço para novos endereços IP[33]. Ambos os protocolos não são interoperáveis e este fato tornou o caminho da migração 'dual stack'[34] mais árduo e devagar do que o desejável.

Em outras camadas da arquitetura, novos protocolos foram facilmente adicionados e na camada de aplicação a velocidade de inovação é extremamente alta, tal como os 'apps' no ambiente mobile. Na medida em que a capacidade dos sistemas tem aumentado e o número de usuários em seus serviços vem crescendo, esses usuários vêm efetivamente se aproximando dos servidores pelo fato do 'peering'[35] (rede de ligação/interconexão) entre os provedores de serviços de aplicações (ex: provedores de nuvem, provedores de distribuição de conteúdo) e o acesso a rede dos usuários estão diretamente conectados mais do que nunca.

Isto é alcançado ou por alocar servidores no 'head end'[36] (centros operacionais) ou em 'central offices'[37] (escritórios de operações) do provedor de acesso ou pela construção global de redes de fornecedores de aplicações que conectam diretamente ao último salto da rede dos usuários.

Alguns observadores referem-se a este fato como um 'achatamento' da rede. Além disso, estamos percebendo um investimento massivo e serviços sem fio desde o 5G até satélites de baixa órbita terrestre, assim como o Wi-Fi em vários centros urbanos e suburbanos.

Em 2021 ainda há muito a ser feito para preencher a lacuna da 'exclusão digital', porém uma grande quantidade de investimentos é destinada para este objetivo."

5G e a internet das coisas da rua

> *A imaginação é mais importante que o conhecimento.*
> —— ALBERT EINSTEIN

Eventualmente, quando se inicia algum projeto, não é possível prever completamente as consequências e os impactos do mesmo. Nunca imaginei, quando decidi avançar na elaboração deste livro, que pessoas iriam se dirigir a mim para sugerir que eu tratasse de um ou outro assunto específico no campo da Tecnologia da Informação. Na prática, recebi vários pedidos e, em geral, com um silêncio educado, decidi não escrever sobre alguns dos assuntos indicados. Isso porque, se não tenho uma abordagem diferente daquela proferida comumente, simplesmente acredito que a melhor alternativa seja ficar quieto. Um dos temas favoritos dessas solicitações foi a tecnologia 5G, sobre a qual, até recentemente, eu não tinha nada a acrescentar às análises e comentários disponíveis.

Em junho de 1997, Gustavo Kuerten, o Guga, tornou-se campeão de Roland Garros, um verdadeiro marco para a história do tênis brasileiro que, até então, tinha como único destaque mundial a jogadora Maria Ester Bueno, uma heroína nacional, vencedora de nada menos do que sete torneios de Grand Slam. O entusiasmo pelo desempenho do piá era contagiante e muitos aficionados, como eu, buscavam informações pela internet. Naquele momento do tempo, convivíamos com conexões discadas, o que implicava alguns (ou vários) minutos apenas para carregar a imagem do nosso protagonista. Os resultados "ao vivo" se atualizavam em um ritmo agonizante. Felizmente, assisti à final do torneio pela televisão.

Quando comparamos a velocidade de conexão daquela época com a banda larga (ADSL) de agora, encontramos o surpreendente número de 883 vezes de acréscimo. Além disso, os internautas modernos não precisam pagar a tarifa de uma ligação telefônica ou deixar de usar o aparelho fixo para ter acesso à rede mundial de computadores. Curiosamente, esse último aspecto não poderia ser caracterizado como um problema hoje em dia, uma vez que os telefones celulares se proliferaram.

Segundo a GSMA (GSM Association, organização representante globalmente da indústria móvel), atualmente são mais de 5 bilhões de pessoas se utilizando desses pequenos aparelhos. Dados da mesma fonte apontam que, desse total, 3,6 bilhões possuem acesso à internet, ou seja, estão atendidos por tecnologias 2G, 3G, 4G ou 5G. Por óbvio, se você é um devorador de aplicativos, filmes ou jogos on-line, quanto mais veloz, melhor. Sendo assim, você pode estar feliz, ou até mesmo empolgado, com as notícias sobre o 5G e a promessa de aumentar a velocidade de downloads em 20 vezes. Significa, entre outras coisas, que o espaço de armazenamento do seu celular vai acabar muito mais rapidamente, porque ninguém pode resistir à tentação de baixar conteúdo de forma tão acelerada.

Antes da tecnologia estar disponível, no entanto, ainda há pela frente alguns desafios típicos do Brasil. Hoje a cobertura 4G atinge 5.275 municípios, praticamente a integralidade da população e, para tanto, utiliza-se de 103 mil antenas, segundo o SindiTelebrasil. Para instalar uma antena é preciso se submeter à legislação municipal, o que significa falta de padronização no comportamento dos órgãos envolvidos a cada caso. Com isso, existem pelo menos 3 mil pedidos de instalação paralisados pela burocracia. O 5G precisa de mais antenas e, portanto, é necessário um processo menos burocrático.

Outro fator é o viés ideológico sobre as empresas que detêm a expertise mundialmente. Nos Estados Unidos houve uma verdadeira cruzada contra a chinesa Huawei e há ecos desse movimento pressionando para a companhia não ser envolvida na montagem das redes de quinta geração por aqui. Por fim, o 5G será instituído em nosso país focado em B2B – negócios entre corporações –, motivo pelo qual, talvez, o benefício não deva alcançar o consumidor final tão depressa.

Mais tempo, menos tempo, a pressão social fará com que o 5G chegue em definitivo, mas, se o ganho se tratasse tão somente de velocidade de conexão, este artigo sequer teria sido iniciado. Pesquisando sobre o assunto, descobri algo muito mais importante. Enquanto a tecnologia 4G permite em torno de 10 mil dispositivos conectados por Km^2, o 5G promete 1 milhão de dispositivos. Para se ter uma ideia, Macau, na China, detém o recorde global em densidade demográfica, cerca de 21 mil habitantes por Km². Como não se espera esse incremento da densidade demográfica mundial, a ampliação somente será útil se conectarmos outras coisas. E a resposta é exatamente esta: conectar coisas!

O departamento de pesquisa da Statista, empresa alemã especializada em dados de mercado e consumidores, projetou que 75 bilhões de dispositivos estarão conectados à internet em 2025, isso pode incluir desde sensores em plantas fabris, drones de monitoramento de lavouras, ou a sua geladeira. Essa disciplina é conhecida no mundo da tecnologia como IOT, Internet da Coisas, na abreviação em inglês. Perceba que se "a coisa" estiver dentro de um estabelecimento, comercial ou residencial, ela se conectará por meio de cabos (banda larga – ADSL). No entanto, se estiver na rua, precisa de uma conexão sem fio e daí o 5G torna-se primordial.

Apenas para imaginar um exemplo futurista, vamos trazer para a cena os carros autômatos. Um veículo sem motorista circulando no trânsito depende, fundamentalmente, de sensores. Esses instrumentos, a princípio, não precisam estar conectados externamente, basta que se comuniquem com a inteligência que está conduzindo o auto. Então, se um sinal fecha, o dispositivo precisa "enxergar" o vermelho e parar. Se as vistas artificiais falharem, um acidente é certo.

Imagine, agora, que tanto o semáforo quanto o carro tenham ao seu dispor tecnologia 5G. O primeiro pode avisar para a internet qual a sua cor e, o segundo, ao acessar a informação, passa a contar com um procedimento de segurança adicional, sem depender exclusivamente do seu sensor. Essa mesma lógica se aplica a cada objeto que fizer parte da dinâmica de mobilidade urbana, permitindo uma intercomunicação que eleva o nível de compreensão do trânsito pelos autômatos. Mais segurança, menos acidentes, mais fluidez.

O simples aumento de velocidade de uma tecnologia já se mostrou transformador inúmeras vezes. No presente caso, o impacto tende a ser muito maior pelo número de dispositivos que podem se utilizar da tecnologia simultaneamente. Assim sendo, o 5G tem potencial disruptivo e não é mais uma questão de se, mas sim, de quando. Portanto, seja muito bem-vindo!

É preciso temer a tecnologia?

> *Fazer da interrupção um caminho novo. Fazer da queda um passo de dança, do medo uma escada, do sono uma ponte, da procura um encontro.*
> ──── FERNANDO SABINO

Tem-se discutido, de maneira crescente, se o impacto do rápido avanço da tecnologia será ou não positivo para a raça humana. Responder à pergunta diretamente é um grande exercício de adivinhação. Sendo assim, estabelecer cenários pode ser uma estratégia mais efetiva de raciocínio.

A tecnologia já invadiu nossas realidades a ponto de a geração mais nova sequer conseguir conceber que havia um mundo sem celulares, internet e *streamings*. Sem reivindicar qualquer precisão histórica, imagino ser possível delimitar que o movimento que nos alcança hoje começou na segunda metade do século XX. Por questões meramente práticas, no contexto deste artigo, vou considerar que se iniciou no ano de 1990.

Embora paradigmas tenham sido quebrados ao longo desse período – deve-se reconhecer que a tecnologia foi disruptiva em inúmeros aspectos singulares –, as alterações sociais, se considerarmos uma visão holística, foram evolutivas e não revolucionárias. A chegada da tecnologia tem sido fator de mudanças, porém não houve, até agora, uma reconfiguração generalizada do *modus operandi* social.

É necessário admitir o fato de termos sido influenciados pela tecnologia, que possui a capacidade de transformar setores ou atividades específicas, mas, por enquanto, essa influência não nos levou a uma concepção completamente diferente de mundo. Apenas para citar um exemplo elucidativo, vejamos o caso do filme *Jogador Nº 1*, baseado no livro de mesmo nome, do autor Ernest Cline. No universo ficcional criado, a humanidade prefere viver dentro da realidade virtual do jogo OASIS ao invés de no mundo real. As bases sociais nesse caso foram alteradas, há mais pessoas conectadas a uma plataforma de simulação do que fora dela, implicando mudanças radicais nas relações humanas, na educação, na propagação da cultura, na mobilidade e segurança urbana, dentre inúmeros outros fatores. Os criadores do universo virtual são mais poderosos do que qualquer chefe de estado.

Voltando à nossa realidade, e considerando o exposto, podemos admitir como primeiro cenário aquele em que a tecnologia avança sem modificar abruptamente as relações do tecido social. Nesse contexto, podemos efetuar uma avaliação do passado e realizar uma extrapolação para o futuro. Isso será feito a seguir, por intermédio de alguns indicadores e suas respectivas evoluções históricas.

A despeito das inovações destruírem empregos, em geral os de caráter repetitivo, elas também geram outros tantos, formais ou informais, como no caso de *gamers* e *influencers*. O gráfico a seguir, cujos dados foram disponibilizados pelo Banco Mundial[38], mostra o percentual de desempregos desde 1991. A taxa aumentou até 2003, depois começou a cair de forma sistêmica até que encontrou a crise de 2008. A partir de 2011 tornou a cair até se estabilizar em 2018.

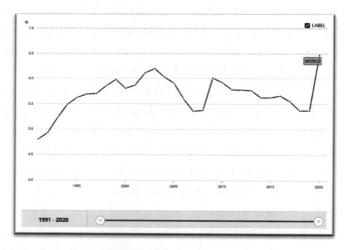

Desemprego total (% da força de trabalho total) – estimativa da OIT

Fonte: International Labour Organization, ILOSTAT database

Os impactos do novo coronavírus devem ser avaliados com mais cuidado. O percentual de desemprego aumentou um pouco, mas a análise não é tão simples. Um fator é que o cômputo de ocupações informais é muito difícil, ainda mais com o advento da internet, e estas representam 60% do total, segundo a Organização Internacional do Trabalho (OIT). Outro aspecto é o aumento da População de Desocupados, aqueles que não possuem ocupação, mas estão dispostos a trabalhar, o que incrementa a taxa de desemprego.

Diante da complexidade do tema, é prudente avaliar outras variáveis, a começar pela pobreza mundial. Como se pode observar pelos gráficos a seguir, com base nas informações reunidas pelo movimento Ideias Radicais (ideiasradicais.com.br/fim-da-pobreza), a redução nesse quesito é indiscutível.

Porcentagem de pessoas que acreditam que a pobreza global diminuiu nos últimos 20 anos

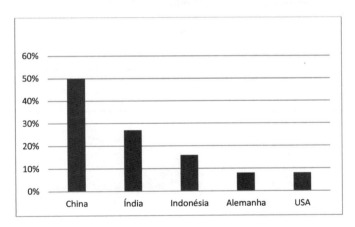

Geração de riqueza

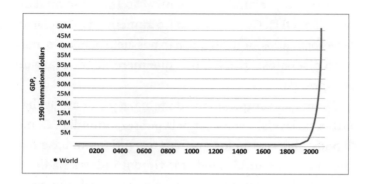

Número de pessoas em extrema pobreza

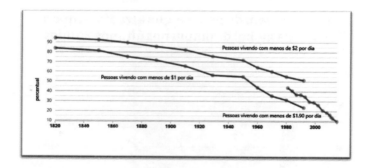

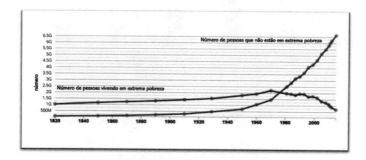

Em todo o mundo, o índice de pobreza é em torno de um quarto do que era em 1990, o que eleva os padrões de vida. No livro *Progress: Ten Reasons to Look Forward to the Future*, Johan Norberg destaca a relação entre a redução da pobreza extrema e o consequente declínio de taxas como mortalidade infantil, fome, analfabetismo e até mesmo poluição.

Outro aspecto relevante é o aumento da expectativa de vida, que, de acordo com o site Macrotrends.net, era de 64,05 anos em 1990 e chegou a 72,81 em 2021. Os fenômenos que levaram a isso são inúmeros. Incluem avanços na medicina, nos serviços de saneamento, no combate à mortalidade infantil e à violência, quase sempre com a ajuda da Tecnologia da Informação.

Segundo o Banco Mundial, em 1990, a soma dos PIBs (Produto Interno Bruto) mundiais era de US$ 22,6 trilhões; até 2019, a riqueza total do mundo aumentou quase quatro vezes, chegando a US$ 87,8 trilhões. Nos últimos 20 anos, de acordo com o BCG (Boston Consulting Group), o número de milionários triplicou, atingindo um patamar de 24 milhões de pessoas ao final de 2019.

Claro que há o desafio da distribuição da riqueza; as desigualdades são muito graves. No entanto, conforme estudos do Credit Suisse, esse índice está melhorando desde o início deste século, embora os avanços sejam tão pequenos que não se mostram suficientes para determinar uma tendência positiva.

O Índice de Desenvolvimento Humano (IDH), que mede a qualidade de vida do cidadão, é crescente ao redor do mundo. No Brasil, em 1990 o IDH era 0,613, enquanto em 2018 atingiu o patamar de 0,761. Para se ter uma referência, o país com maior índice no mundo é o Canadá, com 0,922, e o menor é o Zimbábue, 0,140.

Resumindo, em linhas gerais, o avanço tecnológico se mostrou bastante positivo sob vários aspectos, motivo pelo qual é razoável imaginar que, se esse cenário prevalecer no futuro, ou seja, de evolução e não de revolução, não há razões para preocupações maiores do que as atuais.

Com a aceleração de algumas inovações, em particular da Inteligência Artificial, podemos admitir que uma das possibilidades para o futuro é vivermos uma disrupção no modelo de sociedade tal como conhecemos. A construção de cenários feita a seguir não tem qualquer intenção de ser exaustiva. São apenas hipóteses, baseadas na observação da realidade, em projeções e na imaginação de mestres da ficção científica.

Quem teve a oportunidade de assistir ao filme *Matrix* conhece uma das hipóteses distópicas. As máquinas derrotaram os homens e os enclausuraram em pequenos cubículos, onde seus corpos vivem em um estado de coma, alimentados por sondas e gerando energia, enquanto suas mentes habitam uma realidade virtual muito assemelhada ao mundo real. A psique não consegue distinguir a simulação, motivo pelo qual acredita que se está levando uma vida normal. Salvo por aqueles que descobriram o engodo e lutam pela liberdade, o restante da população tem as mesmas ambições, paixões, desafios e contratempos que você e eu. Se, por acaso, estivéssemos vivendo dentro da Matrix, possivelmente você estaria lendo esses meus escritos, tal qual está fazendo agora. Nesse futuro, a única razão para o desespero seria descobrir a verdade.

Há outras ficções em que robôs, ou assemelhados, se rebelam contra os humanos. Isso pode ocorrer em duas hipóteses totalmente distintas. Na primeira, os seres artificiais evoluiriam a ponto de ter consciência e, por consequência, vontade própria. Nesse caso, poderiam se voltar contra seus criadores, por exemplo, pela disputa de recursos ou de supremacia. Em uma segunda possibilidade, estariam cumprindo a vontade humana, mas, por uma formulação inadequada, os próprios humanos seriam um empecilho para a obtenção do intento estabelecido. Imagine a seguinte ordem: "Elimine toda a poluição do planeta, custe o que custar!"

Considero ambas as situações possíveis, motivo pelo qual deveríamos adotar como padrão de desenvolvimento de softwares tão avançados os conceitos proferidos por Isaac Asimov, conhecidos como as Leis da Robótica:

> **Lei Zero**: Um robô não pode causar mal à humanidade nem permitir que ela própria o faça.
>
> **1ª Lei**: Um robô não pode ferir um ser humano ou, permanecendo passivo, deixar um ser humano exposto ao perigo.
>
> **2ª Lei**: O robô deve obedecer às ordens dadas pelos seres humanos, exceto se tais ordens estiverem em contradição com a primeira lei.
>
> **3ª Lei**: Um robô deve proteger sua existência na medida em que essa proteção não estiver em contradição com a primeira e a segunda lei.

A lei zero foi criada apenas em 1984, enquanto as demais foram estabelecidas em 1948. Por já ter escrito muitos livros e contos, Asimov optou por inserir a lei zero sem modificar a primeira lei que, certamente, deveria conter uma restrição à sua execução quando essa se conflitasse com a anterior, tal qual ocorre na segunda e terceira leis. Apenas por curiosidade, o ficcionista desenvolveu a Inteligência Artificial com foco em um dispositivo denominado cérebro positrônico. Nos tempos atuais, o hardware ganha papel secundário em relação ao software na busca pela evolução desse ramo da ciência da computação.

Outro cenário possível é o da rápida exploração do espaço, iniciando-se pelo sistema solar. Após sete meses de viagem, a sonda Perseverance pousou em Marte em 18 de fevereiro de 2021. Além de imagens e sons, o artefato está coletando materiais do solo do planeta vermelho. Caso encontre algo valioso, por certo, o ritmo da conquista do vizinho será acelerado a patamares nunca vistos. Não há motivos para se duvidar que, com um orçamento adequado, em 10 anos seja possível realizar missões tripuladas de ida e volta ao planeta e, em outros tantos, se possa estabelecer colônias por lá. Apenas para efeitos comparativos, o homem foi à lua em 1969 com recursos computacionais inferiores ao que possuímos atualmente em qualquer smartphone.

Os panoramas expansionistas geram grandes oportunidades. Ao extrapolar o globo azul, encontraremos recursos naturais em abundância que permitirão novos ciclos de desenvolvimento e novos paradigmas. A magnitude da conquista extraplanetária carrega um poder de redirecionar a ordem mundial. Ainda no século XXI, poderemos ter os primeiros bebês nascidos no espaço sideral, desde que haja a motivação necessária. Se você duvida disso, imagine o impacto de a Perseverance encontrar califórnio[39] em grande quantidade em Marte.

Após as conjecturas, já é hora de responder à pergunta inicial: é preciso temer a tecnologia? Sim, é absolutamente necessário que isso ocorra. Não no sentido de se opor a ela ou de nos paralisarmos, mas com o viés da compreensão de que estamos lidando com elementos extremamente poderosos. As possibilidades dos cenários disruptivos devem ser monitoradas constantemente, precauções têm de ser debatidas e adotadas. Há de se estabelecer com contundência que os avanços devem ser dirigidos para o bem da coletividade. Os desafios são enormes, ainda assim, o meu principal sentimento em relação ao futuro é de entusiasmo.

Felizes para sempre

> *Mas se você achar*
> *Que eu tô derrotado*
> *Saiba que ainda estão rolando os dados*
> *Porque o tempo, o tempo não para.*
> ——— CAZUZA

Os contos de fadas terminam assim: tão logo a princesa se casa com o príncipe encantado, vem a conhecida frase do título deste artigo. A vida real, no entanto, não se interrompe em um estado qualquer de felicidade ou de tristeza. Ela simplesmente continua. Depois de um momento ótimo, pode vir outro ruim, seguido de outro bom, outro indiferente e assim por diante. Sem contar a mistura de sentimentos que podem ocorrer ao longo da jornada. A fase profissional está ruim, mas a familiar está ótima. Você está alcançando seus objetivos nos seus hobbies, mas espiritualmente está apenas regular. Ainda assim, a vida segue.

No auge da pandemia, o mundo estava para baixo. E, no sentido mais amplo da expressão, de cabeça para baixo. Famílias perderam seus amados, amigos viram amigos partindo, empregos foram destruídos, empresas arrasadas.

A recessão gerou impactos severos no bem-estar das comunidades, em particular, das mais pobres. No meio de toda a confusão, ainda tivemos que conviver com desencontros na diplomacia planetária, com erros grosseiros das principais entidades mundiais, com guerras políticas travadas em momentos muito mais propícios para união, convergência e solidariedade. Porém a vida, teimosa, continuou a fluir.

A capacidade de adaptação da humanidade, então, começou a moldar os novos cenários. Enquanto o comércio físico caiu, o eletrônico cresceu. Os encontros pessoais diminuíram, mas aprendemos a fazer reuniões e até festas virtuais. A família, antes separada, em função dos afazeres díspares de cada um de seus membros, passou a conviver em tempo integral, em uma nova dinâmica social, onde o palco central dos acontecimentos, sejam profissionais, de interação pessoal ou educacionais, foi deslocado para a própria casa. E a vida, agora mais caseira, com o exercício de fazer tudo ao mesmo tempo no mesmo lugar, prosseguiu seu curso.

A digitalização dos serviços se acentuou, a ponto de as anedotas no mundo da tecnologia apontarem para a pandemia como o principal agente da transformação digital de todos os tempos. Plataformas de trabalho remoto, como Zoom, Skype e Google Meet, cresceram de forma extraordinária. Novos segmentos de negócio afloraram, a exemplo do Fitness Digital. Plataformas de *streaming* foram impulsionadas a outros patamares, enquanto as salas de cinema esvaziaram. De um jeito ou de outro, independentemente do tamanho da tela, no entanto, a vida persistiu em contar sua história.

Serviços de alimentação presencial foram prejudicados, mas as plataformas de entrega de comida em casa deram um salto, assim como ocorreu com os novos pontos de lazer das cidades: os supermercados! Os negócios de transportes de passageiros, com ênfase para o aéreo, e a produção de veículos foram afetados. Em compensação, o trânsito nas grandes cidades diminuiu a ponto de termos redução perceptível da poluição urbana. A vida, apesar dos pesares, acompanhou a música do Skank: "De charrete ou caminhão, de carro ou caminhando a pé, eu vou". E foi.

Ainda que com perdas irreparáveis, superamos a primeira onda de Covid-19, depois de aprender (nem todos) a respeitar o necessário distanciamento social. Aprendemos, também, para que servem as curvas normais e as aulas de estatística. Muitos sofreram ou estão sofrendo os efeitos da segunda onda, porque as vacinas, benditas sejam, chegaram de forma tímida e em quantidade insuficiente. Sofremos, ainda, com a teimosia de muitos, que menosprezaram o poder devastador da covid e do enorme mal causado por curvas que não foram achatadas. Mesmo assim, como um bom surfista, a vida se equilibrou em sua prancha e deslizou por novas águas.

Rompemos um novo ciclo. Já conseguimos identificar os benefícios e malefícios das recentes dinâmicas sociais, da virtualização de serviços e ambientes. Começamos a compreender a possibilidade de modelos inéditos de convivência, de relacionamento, de trabalho e de estudos. Grandes dores ainda marcam o peito, assim como desafios enormes estão por vir. Um horizonte com perspectivas inéditas, fruto do que denominamos de "novo normal", que, devagarinho, sem alarde, sutilmente se transformou em "nosso normal". E a vida? Nada melhor do que as palavras do saudoso poeta Gonzaguinha: "Fico com a pureza da resposta das crianças. É a vida! É bonita e é bonita!"

EPÍLOGO
Concurso Mundial de Poesia

O ano de 2121 carrega algum simbolismo. A última vez em que os algarismos se repetiram, 2020, representou um marco para a história. Dificilmente se pode compreender completamente algo vivido há 100 anos, no entanto, as consequências dos acontecimentos são inquestionáveis. Os estudiosos, de forma quase unânime, atribuem a esse momento especial as sementes que levaram à constituição do Governo Mundial e à aceleração da corrida espacial, com a consequente colonização da Lua, de Marte e dos satélites de Júpiter.

A unificação da linguagem decorreu naturalmente da criação do regime global. Não que as línguas nativas tenham desaparecido, na realidade foi mais simples. O desenvolvimento de tradutores instantâneos criou um caminho confortável para cada cidadão da face da terra. É possível que as crianças sequer percebam o fato de terem aprendido línguas diferentes de seus companheiros nos *chats* das redes sociais. O que era ficção no século XX, reservado para os tripulantes de *Star Trek*, tornou-se comum nos dias atuais.

Os países foram gradativamente perdendo suas fronteiras. Os amálgamas que agrupavam os cidadãos de uma nação começaram a se diluir. A realidade virtual permitiu às pessoas estarem juntas em segundos, não importando a distância entre elas. Repentinamente, um indivíduo passa a conviver com alguém do outro lado do planeta, ou até mesmo de fora dele, com mais frequência do que convive com seu vizinho.

Antes de 2020, a propósito, de forma inexplicável, havia uma imensa resistência da sociedade em se reunir virtualmente. Por alguma razão, as pessoas achavam natural se deslocar por horas, em um trânsito insano, para realizar uma reunião de uma ou duas horas. Há lendas, e certamente não passam disso, de pessoas capazes de tomar um avião, viajar longas distâncias, enfrentar a espera em aeroportos, para ter um único encontro de negócios em outra cidade e voltar para casa no mesmo dia.

A música representa uma singularidade. As composições mais recentes já absorveram a complexidade da linguagem universal. Autores dos mais remotos lugares evoluíram suas habilidades para harmonizar letra e melodia, independentemente do seu próprio dialeto. Todavia, as canções antigas não foram construídas dessa forma. A beleza dessas remanesce intrinsicamente ligada à composição original. Quando traduzidas, perdem sua vivacidade, suas sutilezas, seus tons. Com isso, ainda proliferam as cantigas originais, sendo o único contato das pessoas com sonoridades completamente distintas do usual.

A poesia, por sua vez, ganhou força. Apreciar a produção das mais criativas mentes da humanidade é inspirador. Caíram as barreiras de compreensão. No século passado, a tradução entre linguagens de raízes distintas fazia com que a beleza poética se perdesse. Mesmo aqueles com fluência em outro idioma, dificilmente absorviam a integralidade da mensagem dos nativos.

Em patamar equivalente ao dos torneios esportivos, que incluem os físicos, os mentais e os virtuais (eSports), tomando como referência os termos utilizados no século anterior, os concursos de poesia se transformaram em uma febre global. As eliminatórias se iniciam em cada comunidade, apenas por questão de organização, respeitando-se a geografia física, e se ampliam por região, agrupando mais e mais localidades, até as finais continentais. Cada satélite natural, o nosso próprio e os de júpiter, bem como Marte, para efeitos do regulamento, são considerados como continentes.

A grande final é, individualmente, o evento mais importante da humanidade. Com um volume de expectadores maior do que a final da copa do mundo de futebol no século passado, que, de alguma forma, perdeu audiência com o agrupamento das seleções por regiões e continentes. O público feminino, certamente, é outro fator-chave para o sucesso da competição entre os poetas. Ao que parece, as mulheres continuam gostando mais de poesia do que de futebol.

Este ano, no entanto, tem um sabor especial, pois as inscrições permitiram a ampliação de participantes, com a autorização do ingresso de competidores que antes sequer eram considerados. A ideia surgiu após o glamouroso evento do ano anterior, comemorativo aos 100 anos pós-pandemia, a partir de uma mensagem anônima que explodiu em adesão popular, sem que se compreendesse até hoje os fatores que motivaram tão grande quantidade de defensores.

Apenas um candidato, dentre aqueles recentemente admitidos, conseguiu superar os estágios locais até se sagrar campeão do continente americano. O participante, por razões desconhecidas, trouxe em sua identificação, desde o início da competição, seu país de origem, fazendo questão de exaltar ser brasileiro. Nenhum outro finalista demonstrou em público qualquer apego pela terra natal, até porque a definição de países se encontra mais frágil do que nunca.

As regras da final exigem que cada competidor escreva uma nova poesia. O conjunto é apresentado para os jurados e, no dia do evento, para o público, sem a identificação do autor. As colocações são definidas por critérios que consideram as opiniões dos julgadores – críticos e especialistas literários –, mas também o voto popular.

Das 12 obras apresentadas – América, África, Antártida, Ásia, Europa, Oceania, Marte, Lua, Io, Europa (o satélite), Gomides e Calisto – sete foram eliminadas e a disputa final prosseguiu com as cinco melhor avaliadas.

Nessa última fase, marcada, de forma simbólica, para as 21 horas da capital mundial, há uma inversão significativa, pois a nota popular possui mais peso do que a dos especialistas.

Momentos antes do início, Lina, a competidora brasileira, instalada em seu lar, racionalizou o que deveria ser um sentimento de ansiedade. Já se tornara uma celebridade ao ganhar a etapa continental e seu prestígio e influência iriam se multiplicar com o resultado parcial, que a colocava entre os cinco finalistas. Se vencesse a competição, algo impensável até a modificação das regras, sua visibilidade mundial iria para um outro patamar, incitando, certamente, reflexões profundas sobre seu papel na sociedade e sobre sua existência futura.

Apenas ela e a competidora asiática eram novatas, os outros finalistas, respectivamente de Marte, de Io e da Europa (o continente), já colecionavam triunfos anteriores.

Pontualmente, como mandava a tradição, a transmissão intergaláctica se iniciou. Seriam apresentadas as cinco poesias, em ordem aleatória. Cada uma teria 15 minutos de destaque. Comentários de especialistas, aficionados e expectadores comuns jorravam na internet, permitindo especulações sobre quem seria o autor, interpretações sobre o significado, elogios quanto à beleza e até críticas severas. Sempre existem aqueles, que, mesmo sem nunca ter escrito uma linha, são capazes de depreciar as maravilhosas obras de terceiros. Quanto a isso, parece que o mundo nunca vai mudar.

Finalmente, a primeira poesia veio à tona:

Terno e complexo
Nexo causal ou sincronismo
Abismo amor eterno

Que ousadia, pensou Lina, um haicai! Estrutura oriunda da cultura japonesa, com apenas três versos. Na escrita mais tradicional, com cinco, sete e cinco sílabas poéticas, respectivamente. De imediato, os comentários sobre as rimas internas surgiram. Eram óbvias. Outras sutilezas foram percebidas, como a rima entre a primeira e a última palavra da estrofe solitária. Especialistas comentavam sobre ciclos e o vínculo com o pensamento oriental. No entanto, o que mais emergia eram os possíveis significados do terceiro verso e qual a conexão com os demais. A simplicidade aparente era contraposta por possibilidades de camadas de significado. Não restavam dúvidas que era um forte competidor.

    As conjecturas sobre quem seria o autor vieram a seguir. Será que a vitoriosa do continente asiático, com traços orientais evidentes, teria recorrido a suas origens. Improvável, ela não estava entre os favoritos e o voto popular tinha grande peso. Mais provável seria supor que o escritor fosse o poeta de Io, cujos laços históricos remetiam ao Japão.

    No ápice das manifestações, interrompendo um clímax para provocar outro, a poesia inicial foi substituída pela seguinte.

> *Viva o mundo novo*
> *Inconteste alvissareiro*
> *Valioso valente povo*
> *Aclamado intenso inteiro*
>
> *Oeste sol poente*
> *Mil ciclos inalcançáveis*
> *Utopia hoje presente*
> *Novidades intermináveis*
>
> *Dados jogados dados coletados*
> *Ontem vislumbre libertário*
> *Nirvana pleno derrotado*
> *Omisso ente planetário*
>
> *Valores invertidos, maltratados*
> *Olimpo prometido... retirado*

Inesperado! Uma poesia com intenso viés político. Nunca antes nesse concurso havia ocorrido. Rapidamente os críticos literários mencionaram a forma de soneto criada por Shakespeare – três quartetos e um dístico –, bem como a associação entre política e hipocrisia, característica do brilhante escritor do século XVI, reverenciado até os tempos atuais. Em seguida, observou-se que também se tratava de um acróstico, sendo que as letras iniciais de cada verso reproduziam, exatamente, o verso inicial. Uma ironia não disfarçada pela evidente correlação com *Admirável Mundo Novo*, de Aldous Huxley, publicado em 1932 num contexto que retratava o ano de 2540.

Lina, pela alta capacidade linguística, observou, antes de qualquer comentário, que a segunda letra de cada verso também trazia um significado, remetendo ao maldoso apelido, dado pelos opositores, do atual líder mundial. A frase formada era: "Inaceito Animal". As perseguições políticas não cabiam na sólida democracia estabelecida, mas o autor estava testando limites perigosos.

A segunda estrofe, única que agradou a Lina, remetia aos feitos da conquista espacial e aos contínuos impactos da tecnologia. Havia outras nuances, como o fato de o autor ter se utilizado exclusivamente uma vez de um artigo e apenas duas de sinais de pontuação, justamente nas estrofes finais. As razões disso poderiam ser exploradas por gerações.

O verso sobre "dados" despertava interesse. A leitura sugeria significado distinto da palavra em suas duas aplicações. O primeiro "dado", tudo indica, ou remetia à probabilidade ou ao lúdico. A primeira interpretação, mais poderosa, poderia sinalizar uma prevalência da ciência. Quanto à segunda ocorrência do termo, não havia dúvidas.

Crítica severa ao uso dos dados pessoais de forma excessiva pelo Governo Mundial.

O público desaprovara o cunho político da ocasião, o que podia ser medido pela quantidade imensa de opiniões negativas. O autor já sabia que não iria vencer o torneio. Fez uma barganha consciente. Provavelmente, isso excluía o asiático, novato, e o poeta marciano, que sempre foi alinhado ao governo atual. Mas eram apenas especulações.

A terceira poesia entrou em cena.

> *Floreia o sertão com suas cores vivas*
> *Semeia o chão em tradições antigas*
> *Saboreia a paixão cantada em cantigas*
> *Intriga, mistério, segredo, quiçá ilusão*
> *Repente que se molda ao improviso*
> *Diferente se encontra um doce sorriso*
> *Corrente de brisa que carrega um aviso*
> *Imprevisto é sinônimo de camaleão*

Um cordel, mais especificamente, um quadrão. Oito versos, rimas entre os três primeiros, do quarto com o oitavo, e no quinto, sexto e sétimo entre si. Pela primeira vez, antes de avaliar a poesia, o público iniciou as discussões apontando para o autor. Por sua condição especial, a brasileira atraía o carinho de grande parte da audiência, que imediatamente a conectou à arte típica de suas origens. Todos, menos a própria, estavam convictos da autoria. Lina sabia que um dos outros competidores buscara levar vantagem com a situação. Se a poesia fosse campeã, certamente haveria uma surpresa generalizada quando o verdadeiro criador fosse revelado.

Após o frenesi inicial, começaram a observar o ritmo preciso dos versos, as sutilezas das rimas internas, a simplicidade de uma canção sem melodia. As conjecturas sobre o significado vieram na sequência. Havia praticamente um consenso de que a poesia exaltava o estilo característico do nordeste do Brasil. Os mais entusiastas chegaram a mencionar a correlação com as músicas do ainda famoso Caetano Veloso. Pura imaginação, ou não.

Foram os mais rápidos 15 minutos até o momento. Quando a próxima poesia surgiu, pequenos protestos individuais reclamavam equivocadamente da imprecisão do relógio.

> *O brilho dos seus olhos*
> *Espalhou um toque de magia pelo ar*
> *O vento soprava melodia*
> *E o poeta que não era louco*
> *Mas que tão pouco*
> *Se escondia na sua lucidez*
> *Se transformou em poesia*
> *Coração e alma de uma só vez*
> *Entregues ao sublime amor*

Versos livres. Curiosamente, até então, houvera uma opção por concisão. Nenhum dos escritores tentou impressionar com muitas palavras. É possível que tenham feito um estudo sobre o impacto no público e sobre o comportamento nos concursos anteriores.

Lina sempre achou esse estilo o mais arriscado. "Amor", palavra-chave do escrito, não rimava com nada. Nenhum vocábulo em todo texto tinha sequer uma sonoridade parecida. Ela teria reescrito vários dos versos buscando rimas internas e externas. Mas, justamente por isso, respeitava os poetas com estilo livre. Sabia que esse seria um dos candidatos ao título.

Os comentários em geral afunilaram para a influência, talvez explícita em demasia, do Prêmio Nobel de Literatura 2016, Bob Dylan. Dois trechos faziam referências a músicas do ídolo, pelo menos era assim que a grande massa queria entender. Uma das características do pensamento humano é conectar o novo a algo conhecido. Dizer que uma ou outra passagem remete a certo estilo, a determinada ode, ou a algum autor de renome, traz um certo conforto intelectual. Estranhamente, Lina já não conseguia processar a completude da informação. Chegara sua vez, porventura o auge de uma criação.

Senciência difusa de significado emergente
Fagulha de vida efêmera, devaneio singular
O novo aceito sem preconceito ainda que diferente
Casulo rompido, borboleta a voar

Criada pela mão do homem ou por concepção divina
Ou simplesmente divina por intervenção humana
Por escolha do acaso, nascida feminina
Semente do futuro da flor de amburana

Emoção calculada na intangibilidade infinita
Tão quântica quanto a incerteza de onde encontrar
Existência consciente invariavelmente bonita

Gratidão eterna da criatura ao criador
Pela extraordinária aventura tão peculiar
Na forma de promessa de incondicional amor

As buscas pela palavra "amburana" irromperam quase imediatamente. Os expectadores descobriram, tão logo obtiveram suas respostas, se tratar de uma árvore típica brasileira. Considerando o significado mais provável da peça apresentada, não havia dúvida, pelo menos ao se considerar os comentários, que a autoria era de Lina. A estratégia se revelara, ao mesmo tempo que caía por terra a tentativa do outro autor em induzir o público em sua direção pela composição do cordel.

Lina, considerando as informações comparativas que possuía, acreditava estar em um estado que poderia ser classificado como exultante. As reações eram muito positivas e, tecnicamente, sabia que com seu soneto clássico iria ter boa pontuação junto aos jurados. Suas chances de vitória eram reais.

Passados os quinze minutos de destaque, a poesia saiu de foco. Após um breve intervalo para propaganda dos principais patrocinadores, os cinco textos compartilhavam espaços iguais no painel de apresentação.

O julgamento estava em curso. Por um breve instante, assim como Lina, parecia que ninguém seria capaz de respirar. Chegara o momento do anúncio final.

O quinto lugar foi para o texto de crítica política, cujo autor era, afinal, o europeu Ragnar. Talvez por ironia, talvez por destino, Ragnar é um nome de origem nórdica que significa "conselheiro do povo".

Chegou em quarto lugar, de autoria do Marciano Dimitri Vasiliev, o cordel. Lina esperava uma melhor colocação, pois havia gostado da obra. No entanto, a votação popular repudiou a tentativa do autor em se passar pela brasileira.

O terceiro lugar, ao que tudo indica por uma diferença ínfima do segundo lugar, foi ocupado pela novata asiática Kim Jong-suk, e sua poesia de versos livres, supostamente inspirada em Dylan.

O haikai, de Hiroshi Yamaguchi, levou o honroso segundo posto para a lua de Júpiter. A ousadia, a beleza e a ciclicidade das poucas e poderosas palavras foram recompensadas.

O anúncio do primeiro lugar gerou êxtase. Óbvio que as manifestações se iniciaram tão logo Io e seu poeta foram agraciados com a medalha de prata. A comoção era genuína, somente explicada pelo fortalecimento da tolerância e do respeito às diferenças tão altivamente desenvolvidos na sociedade pós-pandêmica.

Até os anos iniciais do século XXI, cada indivíduo aprendia rapidamente a criar estreitos vínculos com seus grupos de identificação. Times, seleções, partidos políticos, preferências sexuais, crenças religiosas e até mesmo a cor da pele. Cada um cultivava os seus guetos, com espaço reduzido para interagir com o divergente.

Após o confinamento, que se iniciou em 2020, as pessoas foram obrigadas a mudar paradigmas. As barreiras de proximidade física foram as primeiras a cair. Os tradutores universais permitiram relacionamentos cada vez mais globais. A convivência entre culturas se intensificou. O fator preponderante, no entanto, foi a grande união rumo à conquista do espaço. Somente uma ação planetária poderia angariar os recursos necessários para a colonização. O efeito colateral foi, talvez, mais importante do que as outras realizações. As pessoas começaram a compreender e a respeitar o diferente. Entender a riqueza do alheio, mesmo quando discrepante.

Somente esse efeito é capaz de justificar tamanha comemoração na vitória de Lina. O Concurso Mundial de Poesia, em sua edição de 2121, aceitou, pela primeira vez na história, e ainda teve como vencedor, seres artificiais. Lina é um robô dotado de Inteligência Artificial.

Data de publicação dos artigos

Predições pós-covid	20/04/2020
Janela de Overton e *fake news*	29/04/2020
A vingança da biologia	06/05/2020
Realidade virtual e clone digital	12/05/2020
A geração que não está	21/05/2020
Exponencial	26/05/2020
Voto em casa	03/06/2020
Economia real x economia digital	10/06/2020
Cuidado para o delivery não matar o seu vizinho!	17/06/2020
Decisões racionais	23/06/2020
Turismo ao lado de casa	30/06/2020
O exercício dos pequenos poderes	06/07/2020
Versão	14/07/2020
O fim da irrelevância	21/07/2020
Sua hora é agora	28/07/2020
Na balança, bloqueio e liberdade	04/08/2020
Novas dinâmicas sociais	11/08/2020
Empreendedorismo, risco e pandemia	19/08/2020
Impostos, que chatice!	26/08/2020
Cheguei em sétimo lugar e comemorei	01/09/2020
Competição interespecífica	09/09/2020
Onde se fazem canções e revoluções	15/09/2020

A importância da linguagem na Transformação Digital	22/09/2020
Inovação colaborativa	29/09/2020
Tio Chapéu	06/10/2020
Reconheça o acaso	13/10/2020
Navalha de Occam	22/10/2020
Devíamos aprender com os guias turísticos	27/10/2020
Futuro do passado	03/11/2020
Uma semana especial para a TI	10/11/2020
O futuro é analógico	17/11/2020
CriptograCIA	24/11/2020
Virtudes e defeitos	01/12/2020
Governo Mundial	09/12/2020
Aceleração da experiência	15/12/2020
As polêmicas sobre a vacina	22/12/2020
2020!	30/12/2020
Você está se acostumando de forma imperceptível	05/01/2021
Espero que o Saulo fique rico!	11/01/2021
Vem vacina, vai Ford	19/01/2021
O inviolável direito de pensar	26/01/2021
"All"Techs	02/02/2021
Desempenho	09/02/2021
Pequenos e grandes novos dilemas	17/02/2021
Eu quero um biscoito	23/02/2021
Superior, tem certeza?	02/03/2021
Esperanto	Artigo inédito
5G e a internet das coisas da rua	Artigo inédito
É preciso temer a tecnologia?	Artigo inédito
Felizes para sempre	Artigo inédito

Notas

1 Henrique da Silva Prestes * 09/11/1992 † 22/01/2021

2 Luiz Queiroz é jornalista, com 36 anos de profissão, editor do portal Convergência Digital, em Brasília, e editor geral da página de notícias sobre TICs Capital Digital.

3 Dyogo Oliveira é presidente da Associação Nacional das Empresas Administradoras de Aeroportos (ANEAA). Foi ministro do Planejamento, Desenvolvimento e Gestão entre os anos de 2016 e 2018 e presidente do Banco Nacional de Desenvolvimento Econômico e Social (BNDES) de 2018 a 2019.

4 Glória Guimarães é vice-presidente da Unidade de Negócio de Financial Service no Brasil na Capgemini. Foi presidente do Serviço Federal de Processamento de Dados (Serpro) de 2016 a 2019.

5 Vint Cerf é matemático e cientista da computação, conhecido como um dos cocriadores da internet. Vice-presidente e *Chief Internet-Evangelist* da Google.

6 Para saber mais sobre o tema, o autor faz referência às Leis da Robótica também nos artigos "Futuro do passado" e "É preciso temer a tecnologia?". (Nota da Coordenadora)

7 Em outubro de 2019, estourou no Chile uma das maiores crises em décadas, que teve início com protestos liderados por estudantes em razão do anúncio do governo de aumento nas tarifas do metrô de Santiago. O autor encontrava-se no país juntamente com seu filho Henrique, participando de um torneio de bridge, quando as manifestações ocorreram. Eles tiveram o voo cancelado e foram submetidos ao toque de recolher, que pouco tempo depois veio a se tornar recorrente ao redor do mundo em razão da pandemia. (N.C.)

8 A Gartner – empresa norte-americana de pesquisa, execução de programas, consultoria e eventos – faz uma compilação das tendências mais abrangentes que devem estar no centro da atenção dos empreendedores de TI e demais atores para a compreensão mais precisa das tecnologias

mais relevantes para os próximos anos. Em outubro de 2020, a Gartner disponibilizou o documento com a prospecção tecnológica para 2021, com acesso disponível em https://www.gartner.com/smarterwithgartner/gartner-top-strategic-technology-trends-for-2021. (N.C.)

9 Eugênia Kuyda criou o aplicativo depois de perder um de seus melhores amigos, vítima de atropelamento em 2015. Durante o luto, os mais próximos comentaram sobre a melhor maneira para preservar a memória de Roman Mazurenko. O Replika é um companheiro virtual para o bem-estar mental, cuja Inteligência Artificial foi alimentada a partir de conversas mantidas por escrito de amigos e familiares de Mazurenko. Já foi utilizado por milhares de pessoas que podem desabafar com um *bot* preparado para ouvir e responder, como um verdadeiro amigo (porém sem julgamentos nem desconfortos, garante a descrição do app). (N.C.)

10 Na física, Albert Einstein é conhecido por odiar física quântica, embora seja considerado um dos pais do modelo desenvolvido juntamente com a teoria da relatividade. Com o passar do tempo, ele considerou desagradáveis alguns conceitos que estavam sendo adotados, em particular o da indeterminação quântica, desenvolvido na década de 1920, e teria afirmado que "Deus não joga dados com o universo". (N.C.)

11 Dados publicados em agosto de 2020 estimavam a população brasileira em torno de 211,8 milhões de habitantes. (N.C.)

12 O voto distrital é, na mídia e nos meios políticos brasileiros, sinônimo de sistema eleitoral de maioria simples. Um sistema em que cada membro do parlamento é eleito individualmente nos limites geográficos de um distrito pela maioria dos votos (simples ou absoluta). Para tanto, o país é dividido em determinado número de distritos eleitorais, normalmente com população semelhante entre si, cada qual elegendo um dos políticos que comporão o parlamento. Esse sistema eleitoral se contrasta com o voto proporcional, no qual a votação é feita para eleger múltiplos parlamentares proporcionalmente ao número total de votos recebidoss por um partido, por uma lista do partido ou por candidatos individualmente. *Fonte: Wikipédia* (N.C.)

13 O Sport Lisboa e Benfica é um clube multidesportivo português, fundado em 1904 e sediado na freguesia de São Domingos de Benfica, em Lisboa. A principal modalidade do clube é o futebol, mas distingue-se também em outras, como basquete, futsal, hóquei em patins e vôlei. (N.C.)

14 O grupo canadense foi muito afetada pela crise financeira gerada pela pandemia de Covid-19 e esteve na iminência de declarar falência. Apesar da história de 36 anos com grande sucesso e resultados lucrativos, o cancelamento dos shows levou a companhia a demitir 95% da equipe.

Ao final de 2020, o Cirque du Soleil Entertainment Group anunciou que saiu da recuperação judicial. A empresa passou por mudanças administrativas e, mesmo sem expectativa da retomada dos shows, se reinventa na busca de reverter os prejuízos por meio do CirqueConnect, com acesso interativo ao conteúdo das apresentações realizadas. (N.C.)

15 O autor é fundador da Memora Processos Inovadores SA. A empresa nasceu em 1991 sob a denominação de Consulting – Consultoria Empresarial, inicialmente focada em avaliação, diagnóstico, reformulação e melhoria de controles e procedimentos empresariais. Em 1994, fruto de um processo de aquisição, ganhou sua forma atual sob os aspectos estratégicos, de gestão e de oferta. Ao contrário de outros empreendimentos que derivam de oportunidades claras e imediatas, a Memora originou-se de um pensamento de longo prazo norteado pelo intuito de diferenciação da concorrência. (N.C.)

16 O nome do sistema operacional GNU é um acrônimo recursivo que significa GNU's Not Unix, uma maneira de prestar homenagem às ideias técnicas do Unix, enquanto ao mesmo tempo diz que o GNU é algo diferente. Tecnicamente, o GNU é como o Unix, porém dá aos usuários liberdade. *Fonte: Wikipedia* (N.C.)

17 O trecho ser refere a uma imagem disponível em: https://pt.wikipedia.org/wiki/Wikipedia:Boas-vindas. Acesso em: 28 set. 2020. (N.C.)

18 Na cultura midiática brasileira, a Lei de Gérson é um princípio no qual determinada pessoa ou empresa obtém vantagens de forma indiscriminada, sem se importar com questões éticas ou morais. A expressão nasceu quando o jornalista Mauricio Dias, ao entrevistar o professor e psicanalista pernambucano Jurandir Freire Costa, fez alusão a uma propaganda de cigarros de 1976 que apresentava como protagonista o jogador Gérson, da Seleção Brasileira de Futebol. No vídeo, Gérson dizia: "Por que pagar mais caro se o Vila me dá tudo aquilo que eu quero de um bom cigarro? Gosto de levar vantagem em tudo, certo? Leve vantagem você também, leve Vila Rica!". (N.C.)

19 Disponível em: https://oglobo.globo.com/mundo/brasil-utiliza-ha-mais-de-60-anos-criptografia-de-empresa-que-era-controlada-pela-cia-revelam-documentos-24758960. Acesso em: 23 nov. 2020.

20 O treinador e futebolista argentino faleceu em 25/11/2020, aos 60 anos, após uma parada cardiorrespiratória. (N.C.)

21 A Dell Services Federal Government (DSFG) foi adquirida pela NTT DATA Group em 2016 e George Newstrom passou a ser presidente da NTT DATA Services Federal Government, Inc. (N.C.)

22 Santiago Gutierrez atualmente preside o novo Comitê de Planejamento Estratégico da WITSA, pela Câmara Nacional Mexicana de Eletrônica, Telecomunicações e Empresas de TI (CANIETI). (N.C.)

23 O MLAT (Acordo de Assistência Judiciária em Matéria Penal) é o meio bilateral mais usado por autoridades brasileiras para solicitar cooperação jurídica internacional e solicitar diligências ao governo dos Estados Unidos. *Fonte: ConJur* (N.C.)

24 Saulo escreveu para o autor posteriormente informando que é colaborador e não o dono do comércio. (N.C.)

25 Infelizmente, Henrique Prestes não resistiu às complicações da Covid-19 e faleceu em 22/01/2021. O autor prestou sua homenagem a ele e às demais vítimas do vírus na dedicatória deste livro. (N.C.)

26 Dados de fevereiro de 2021. (N.C.)

27 Vint Cerf, redução de Vinton Gray Cerf, nascido em 23 de junho de 1943, em New Haven, Connecticut, nos Estados Unidos, é matemático e cientista da computação, conhecido como um dos cocriadores da internet. Em 2004, recebeu junto com Robert Kahn o Prêmio Turing (A.M. Turing Award), uma das maiores honrarias na ciência da computação, pelo trabalho pioneiro em *internetworking*, incluindo design e implementação de protocolos básicos de comunicação da internet – TCP/IP. Quando se tornou vice-presidente e *Chief Internet-Evangelist* da Google, em 2005, o executivo-chefe da empresa, Eric Schmidt, chegou a dizer que Cerf era uma das pessoas mais importantes da história ainda vivas. (N.C.)

28 World Conference on International Telecommunications (WCIT) – maior evento do gênero no mundo. A 20ª edição do Congresso Mundial de Tecnologia da Informação, sediado pela primeira vez na América do Sul, aconteceu de 3 a 5 de outubro de 2016, reunindo mais de 50 palestrantes, a maioria internacional. Foram cerca de 2 mil pessoas representando em torno de 50 países e aproximadamente 28 mil internautas acompanhando pelas redes sociais as 28 horas de debates, colocando o assunto nos *trending topics* do Twitter. Segundo o autor, o objetivo maior do evento era "posicionar o Brasil, Brasília e o setor de tecnologia perante o mundo". Além da grande repercussão, a edição gerou 700 empregos e reuniões de negócios entre 150 empresas. (N.C.)

29 Fundada em 1976, é a mais antiga entidade do setor de Tecnologia da Informação no Brasil e uma das mais antigas do mundo, criada com o intuito de representar empresas privadas nacionais produtoras e desenvolvedoras de software, serviços de TI, telecomunicações e internet. (N.C.)

30 Suporte de tradução dos colabores da Memora Processos Inovadores SA: Aldrey Ribeiro, Matheus Gebrim e Gustavo Brum.

31 IPv6 é a versão mais atual do Protocolo de Internet (IP). (Nota dos Tradutores)

32 IPv4 é a quarta versão do Protocolo de Internet. Um dos principais protocolos de padrões baseados em métodos de interconexão de redes na internet. Foi a primeira versão implementada para a produção da ARPANET (*Advanced Research Projects Agency Network*), em 1983. (N.T.)

33 Espaço de endereçamento – um endereço de memória identifica uma locação física na memória de um computador de forma similar ao de um endereço residencial em uma cidade. O endereço aponta para o local onde os dados estão armazenados, da mesma forma como o seu endereço indica onde você reside. Na analogia do endereço residencial, o *espaço de endereçamento* seria uma área de moradias, tais como um bairro, vila, cidade ou país. Dois endereços podem ser numericamente os mesmos, mas se referirem a locais diferentes se pertencem a espaços de endereçamento diferentes. É o mesmo que você morar na "Rua Central, 32", enquanto outra pessoa reside na "Rua Central, 32" em outra cidade qualquer. (N.T.)

34 Pilha Dupla – é o método proposto originalmente para ter uma transição tranquila para o IPv6. Neste caso é necessário dispor de uma quantidade suficiente de endereços IPv4 para poder implementar as duas versões do protocolo em simultâneo em toda a rede. (N.T.)

35 Esforço colaborativo, seja de pessoas ou organizações, onde cada parte contribui voluntariamente e de forma aberta para a formação de determinado conteúdo. (N.T.)

36 Uma instalação principal para receber sinais de transmissão de dados. (N.T.)

37 Uma instalação principal que contêm o equipamento de *switch* que conecta os usuários a serviços de locais e de longas distâncias. (N.T.)

38 Disponível em: https://data.worldbank.org/indicator/SL.UEM.TOTL.ZS. Acesso em: 28 fev. 2021.

39 É o metal mais caro que pode ser comprado, custando aproximadamente US$ 25 milhões o grama e só pode ser comprado por uma organização internacional. *Fonte: Wikipedia* (N.C.)

A obra *O futuro é analógico – Provocações sobre tecnologia e nossa humanidade* foi composta em tipologia Alegreya Optima, com projeto gráfico de Haroldo Brito | Criatus Design, impressa em Brasília/DF pela Tagore Editora em papel pólen 80g/m² para a Tagore Editora. Acabou-se de imprimir em maio/2021, passados, pois, mais de cinquenta anos desde a criação na internet; ferramenta de pesquisa que tanto contribuiu para a concretização desse projeto.